哈尔滨商业大学博士科研启动项目资助
合同编号：2019DS106

安德列耶夫作品中的生命哲学研究

王英丽 著

中国商业出版社

图书在版编目（CIP）数据

安德列耶夫作品中的生命哲学研究／王英丽著．
—北京：中国商业出版社，2020.12
ISBN 978-7-5208-1432-4

Ⅰ.①安… Ⅱ.①王… Ⅲ.①安德列耶夫-文学研究
Ⅳ.①I512.064

中国版本图书馆CIP数据核字（2020）第244175号

责任编辑：孔祥莉

中国商业出版社出版发行
010-63180647　www.c-cbook.com
（100053　北京广安门内报国寺1号）
新 华 书 店 经 销
北京精印堂图文快速印刷中心印刷
* * *
710毫米×1000毫米　16开　9.25印张　151千字
2020年12月第1版　2020年12月第1次印刷
定价：58.00元
* * *
（如有印装质量问题可更换）

序　言

列昂尼德·尼古拉耶维奇·安德列耶夫（1871—1919年），本世纪初俄国小说家和剧作家，出生在奥廖尔城的普尔什卡尔，1897年莫斯科大学法律系毕业，曾在地方法院供职。

安德列耶夫在学生时代就酷爱文学。早期小说如《巴尔加莫特和迦拉斯卡》（1898）表现出对小人物的关注，曾受到高尔基的称赞。但是，随后他的新作品，与当时的现实主义文学变得更加格格不入，与高尔基也逐渐产生分歧。在艺术手法上，安德列耶夫堪称别具一格。作家的多数作品都不是通过个性化的具体形象解剖现实，而是把人物当作某种势力的象征，用极度的夸张和表现主义手法表达作者的主观感受。

"我的生命是荒原和小酒馆，我孤独，我真的没有朋友。曾有过一些明朗而空旷的时光，就像别人的节日，也有过漆黑恐怖的夜，每天夜里我都在思考生与死，我害怕生，也畏惧死，生与死我不知道更怕哪一个。世界无比宽广，而我却独自一人——病态而忧伤的心灵、混乱模糊的理智和恶毒而脆弱的意志。"安德列耶夫一直关注人的存在问题，他的作品中总是强调孤独的个人感受，善与恶的问题。布格罗夫（Бугров Б. С.）认为，"安德列耶夫一向对人存在的秘密感兴趣，同时对人自身不完善的地方也很感兴趣"。而勃洛克（Блок А.）认为，"安德列耶夫作品的主题总是表现为：人们无法克服彼此隔绝的状态，人们无力在自己的孤独中理解别人，理解自己"。存在主义哲学家们称克尔凯郭尔为存在主义哲学之父，他的一生是孤独的，"他作为面对上帝的个人，感到孤独；而作为渴望与上帝相遇的个人，又需要孤独"。克尔凯郭尔首次把个人存在置于哲学中心问题，而在现实生活中每个人不可能孤立地存在，都要与周围发生联系。安德列耶夫的大部分创作集中在世纪之交，"世纪末的悲剧性感受影响着人类个性的形成，人类生存还是毁灭迫使作家痛苦地寻找反映现代生活的新形式作品"。世纪之交的人们总是感到孤独，他们试图寻找解释周围发生的一切之原因和探寻未来生活道路。勃洛克认为，"俄罗斯艺术家在两次革命之间所度过的年月的历史，实质上是孤独的兴奋史，这正是过去最好的东西，真正结出硕果"。周启超在文章《神秘幽深，自成一家——列·安德列耶夫小说述评》中对安德列耶夫的创作进行总结并发现，安德列耶夫对普遍人类性的哲理探究是围绕着对"与世界的关系的思考来展开的，其中包括人与异化了的世界格格不入，作家向我们展示了人们正处在异常氛围中。卢纳察尔斯基理解安德列耶夫的死亡总是与被隔绝的个体存在和一系列没有出路的问题相联系"。孤独无助的个体很难在这个世界中存在，因为每个人都需要别人的关心与理解。

早期的安德列耶夫所描写的人物形象，他们几乎总是在生活中体会到失败，他们试图同生存进行斗争，在他们身上具有积极的因素。这种斗争确定了安德列耶夫的主人公的行为具有冲突的特点。作家讲述小官员，小官员认为自己是个小沙粒，不仅被生活所压迫，而且被整个存在所压迫。在上百个人中间生活喘不过气来——因为孤独，因为毫无意义的存在，因为死亡。他以凶狠、畸形和滑稽的状态对抗着这一切。

库列绍夫指出，"人们之间的关系总是让安德列耶夫恐慌"。塞里兹尔(Thomas Seltzer)在《安德列耶夫论》一文指出："在安德列耶夫的作品中最浓厚的另一个题材便是寂寞。他的许多人物都是为那种病症所苦恼着。他们都是'死的'寂寞。在城市之中，他们想从都市逃到乡村。在乡村之中，他们又想从乡村逃到城市。空努力！"两位学者都强调了在安德列耶夫的作品中总是强调人的存在问题，即人与世界的关系问题。

安德列耶夫在《沉默》中通过神甫的女儿薇拉的自杀，体现了这个冷漠的世界对人的伤害。小说中的冷漠既包含父母与孩子之间相互不理解，也包括人与周围世界的隔阂。作家希望通过薇拉的最终死亡让读者明白，人是需要"爱"的，只有在爱的观照下，人们才能理解包容，团结统一。伊格纳季神甫不仅应该关心家人，也应该爱护自己的教民，同时教民也应该支持神甫，相互理解和关爱，因为人类社会需要"爱"来实现统一。

存在主义哲学家雅斯贝尔斯认为，人有四种边缘处境：死亡，苦难，斗争，罪过。"只有死亡才是使生存得以实现的条件。他认为，生存通过为实存的斗争在实存中丧失了。这就出现了死亡的问题。所谓死亡，却意味着现象中的消失，意味着离开实存而进入到可能的、纯粹的超验界中去。在死亡中，实存中断了，而我们的实存被切断以及它的片面性，恰恰使我们有可能从死亡处境出发来认识实存的局限性。"死亡属于人生的积极范畴而非消极范畴，它从反面肯定了人的生存的创造价值和自我实现价值。

本书运用存在主义、现象学、表现主义和时空理论来分析作家作品中的死亡意识和死亡审美。生存与死亡是密不可分的，研究死亡是为了探求生命的奥秘。本书通过研究安德列耶夫的作品，来揭示作家对死亡的独特理解，从而发现作家具有表现主义倾向的艺术世界。

王英丽
2020 年 11 月 27 日于哈尔滨

目 录

绪 论 …………………………………………………………………… 1
  第一节　安德列耶夫在俄罗斯及国外的研究状况 ………………………… 1
    一、俄罗斯研究状况 …………………………………………………… 1
    二、国外研究状况 ……………………………………………………… 15
  第二节　安德列耶夫在中国研究状况 ……………………………………… 16
    一、20世纪初至40年代之前研究状况 ……………………………… 16
    二、20世纪80年代以后研究状况 …………………………………… 17
  第三节　安德列耶夫的死亡审美的研究状况 ……………………………… 27
  第四节　本书研究的价值 …………………………………………………… 35
    一、研究的目的 ………………………………………………………… 35
    二、研究的意义 ………………………………………………………… 36

第一章　安德列耶夫死亡审美意识 ……………………………………… 37
  第一节　作家对个性生命的体验 …………………………………………… 37
    一、世纪之交的末世情绪：人是死亡的奴隶 ………………………… 37
    二、个人生活经历：处在死亡的阴霾中 ……………………………… 40
  第二节　西方哲学思想对作家死亡意识的影响 …………………………… 43
    一、叔本华的悲观主义哲学 …………………………………………… 43
    二、尼采的"超人"哲学 ……………………………………………… 46
    三、克尔凯郭尔的孤独体验 …………………………………………… 49
  第三节　俄罗斯白银时代的哲学与文学对作家死亡审美的影响 ……… 50

一、白银时代宗教哲学中的死亡观 ·················· 51
二、陀思妥耶夫斯基的死亡意识 ·················· 55
三、列夫·托尔斯泰的死亡意识 ·················· 59
本章小结 ·················· 63

第二章 时空叙事中的死亡事件 ·················· 64
第一节 《加略人犹大》的死亡与时间范畴 ·················· 65
一、物理时间 ·················· 65
二、心理时间 ·················· 69
第二节 《加略人犹大》的死亡与空间范畴 ·················· 72
一、房屋的描写 ·················· 73
二、由低到高的位移描写 ·················· 83
三、中心与边缘的融合 ·················· 85
本章小结 ·················· 88

第三章 现象学视域中的死亡世界 ·················· 90
第一节 被意识悬置的死亡事件 ·················· 91
一、《省长》：意向本我 ·················· 91
二、《谢尔盖·彼得罗维奇的故事》：他者之死 ·················· 97
第二节 死亡与生存 ·················· 101
一、《谢尔盖·彼得罗维奇的故事》：生存信念与死亡意识
相互激荡 ·················· 101
二、《曾经有过》：死亡凸显存在 ·················· 106
第三节 呼唤死亡——超越自我 ·················· 110
一、《七个被绞死者的故事》等：死亡破坏精神桎梏 ·················· 111
二、《七个被绞死者的故事》：爱战胜死亡 ·················· 116
本章小结 ·················· 120

结 语 ……………………………………………………… 121

一、死亡如同可怕的命运一直在窥伺着人们 …………… 122
二、安德列耶夫的死亡破坏着一切社会规则 …………… 122
三、探索生活的意义是安德列耶夫的主人公的目标 …… 122
四、安德列耶夫的死亡书写使人成为人 ………………… 123
五、死亡破坏着家庭关系 ………………………………… 123
六、死是人解脱痛苦的方式 ……………………………… 123
七、安德列耶夫的死亡世界充满了各种观念的绞杀 …… 124

参考文献 ……………………………………………………… 125

绪 论

正如鲁迅所说，安德列耶夫是一位"绝望厌世的作家"[1]，他也可能是一位向死而生的勇士，他的创作风格神秘阴冷，自成一家，其作品中的人物永远与死亡共舞，孤独地走向凄冷的黑夜。安德列耶夫作品大多描写死亡的恐怖阴森，很少宣传生活的热烈美好。他在《红笑》中向人类抛出橄榄枝，用表现主义手法表达了人们对战争的恐惧，希望人类通过血的教训珍视和平。

安德列耶夫的创作分为早期（1887—1897年）、中期（1898—1908年）和晚期（1909—1919年）三个时期。其创作中期的作品数量众多，主题鲜明，充分体现了"神秘阴冷"的风格，本书以这一时期的作品为研究资源来分析作家的创作特色和艺术主张。[2]

第一节 安德列耶夫在俄罗斯及国外的研究状况

一、俄罗斯研究状况

列昂尼德·尼古拉耶维奇·安德列耶夫（Леони́д Никола́евич Андре́ев）是俄罗斯白银时代的著名作家，他从1898年开始在俄国的报刊上陆续发表作

---

[1] 薛绥之主编. 鲁迅杂文辞典[Z]. 济南：山东教育出版社，1986年. 第569页.
[2] 这一时期的主要作品有《沉默》（Молчание, 1900）、《曾经有过》（Жили-были, 1901）、《瓦西利·菲韦斯基的一生》（Жизнь Василия Фивейского, 1903）、《红笑》（Красный смех, 1904）、《省长》（Губернатор, 1905）、《叶列阿扎尔》（Елеазар, 1906）、《加略人犹大》（Иуда Искариот, 1907）、《人的一生》（Жизнь человека, 1907）和《七个被绞死者的故事》（Рассказ о семи повешенных, 1908）等。

品。写作初期，作家并没有使用真实姓名，而是以"詹姆斯·林奇为笔名在《信使报》发表小品、随笔开始的"①。1901年4月9日的《交易所新闻》报上，批评家伊兹梅洛夫（Измайлов А. А.）对安德列耶夫发表在《生活》杂志上的小说《曾经有过》给予了正面评价。这是关于安德列耶夫创作的最早的一篇评论，也是唯一一篇发表在他的第一部《短篇小说集》（Рассказы, 1901)②出版前的评论。1908年，这位评论家又对安德列耶夫的《我的札记》和《黑色面具》分别发表评论文章，并高度赞扬作家的创作风格。1901年9月，在高尔基的参与下，知识出版社出版了安德列耶夫的《短篇小说集》，在卷首有献给高尔基的题词，这本书使他一举成名。"此书在批评界和读者中引起较大反响，博得托尔斯泰、契诃夫和米哈依洛夫斯基等人的好评。"③

在该书出版后，评论家尼·米哈伊洛夫斯基（Михайловский Н. К.）很快就发表了《列昂尼德·安德列耶夫（小说集）：生的恐惧和死的恐惧》一文，总体上对《小说集》持赞成和鼓励的态度。这位评论家分析了当时俄罗斯很流行安德列耶夫这种形式短小精练的小说的原因，并认为这种形式的小说甚至有可能取代长篇小说这种体裁。评论家指出，作家笔下的死亡世界是可怕的，但有时生活比死亡更加可怕，所以人们宁愿用死亡换取生命。④ 在另外一篇文章中，尼·米哈伊洛夫斯基还分析了安德列耶夫的《在窗旁》《大满贯》《谢尔盖·彼得罗维奇的故事》等作品。这些评论标志着安德列耶夫正式进入批评界的视野。此后，关于作家的各种评论大量涌现，"最早的一批研究专著也在短短两年后就问世"⑤ 俄罗斯国内的文学批评家们几乎在安德列耶夫成名的同时就开始了对其创作的研究和评论，"当年的文艺批评家，如瓦·沃罗夫斯基，英·安年斯基，马·沃洛申，尤·艾亨瓦尔德，尼·米哈伊洛夫斯

---

① 克冰. 沙俄末年文坛的一颗奇星——安德列耶夫创作浅探 [J]. 阴山学报, 1990, (3). 第54页.

② 短篇小说集包括:《小天使》（Ангелочек, 1899）、《大满贯》（Большом шлем, 1899）、《谎言》（Ложь, 1901）、《沉默》（Молчание, 1900）、《曾经有过》（Жили-были, 1901）等.

③ 汪介之. 俄罗斯现代文学史 [M]. 中国社会科学出版社, 2013. 第124页.

④ Михайловский Н. К. " Рассказы" Леонида Андреева. Страх жизни и страх смерти [M]. http://andreev.lit-info.ru/andreev/kritika/mihajlovskij-rasskazy-andreeva.htm

⑤ 贾锟. 安德列耶夫创作中的"末日论"研究 [D]. 南京大学, 2008. 第2页.

基，都曾对安德列耶夫的创作有过论述。1908年，俄罗斯出版了科·楚科夫斯基（Чуковский，К. И.）的第一本安德列耶夫专论——《伟大与渺小的列昂尼德·安德列耶夫》（Леонид Андреев：большой и маленький）。1912年，瓦·布鲁夏宁（Брусянин В. В.）的《列昂尼德·安德列耶夫：生平与创作》（Леонид Андреев：Жизнь и творчество，1912）对安德列耶夫的创作进行了阶段性的总结。1913年，七卷本的《安德列耶夫全集》问世。1919年，安德列耶夫于芬兰去世后，俄国国内对他的研究出现了第一个高潮"①。这个时期关于作家创作的专著有尼·法托夫（Фатов Н. Н.）的《安德列耶夫的青年时代》（Молодые годы Леонида Андреева：По неизданным письмам, воспоминаниям и документам. ，1924.）和康·德里亚金（Дрягин К. В.）的《俄罗斯的表现主义》（Экспрессионизм в России. 1928）。

20世纪三四十年代是俄罗斯文坛上社会主义的现实主义大行其道的时期，充满悲观厌世情绪的具有表现主义倾向的安德列耶夫作品处于边缘地位，其研究没有得到足够的重视。解冻之后，安德列耶夫的部分作品得以重新出版，对其作品的研究也重新升温，这股新的热潮一直持续到20世纪80年代。这一时期，学者瓦·别祖博夫（Беззубов В.）的《列昂尼德·安德列耶夫与俄罗斯现实主义传统》（Леонид Андреев и традиции русского реализма. - Таллин，1984）一书对研究安德列耶夫的创作具有较为深远的影响。该书把安德列耶夫同托尔斯泰、陀思妥耶夫斯基和契诃夫进行了比较研究，指出安德列耶夫对上述作家创作的继承与发展。在这部专著中，瓦·别祖博夫发现，厘清现实主义与现代主义之间的关系是现代文学批评中最棘手的问题，如果缺少了20世纪初的俄罗斯文学的研究经验，这一问题很难得到解决。最早的一些批评家认为安德列耶夫模仿了托尔斯泰和高尔基，如学者普罗托波波夫（Протопопов М.）就持类似的观点。而卢那察尔斯基把安德列耶夫同法国颓废派相比较，认为两者之间存在亲缘关系。有的学者认为应该把安德列耶夫划入象征派，他不是现实主义作家。还有学者认为安德列耶夫既不是现实主义作家也不是现代主义作家。而象征主义诗人勃留索夫（Брюсов В.）指出，安德列耶夫的创作

---

① 李建刚. 列·安德列耶夫研究及其现实意义[J]. 俄罗斯文艺，2013，(1). 第64页.

不具有所谓的神秘感，作家更不具有看穿事物的洞察力。苏联时期出现了一些有关作家的传记、回忆录、书信，评论家根据这些文本把作家的创作风格归入现实主义、象征主义或表现主义。这其中值得关注的是评论家尤菲（Иоффе И.）和德里亚今，他们把安德列耶夫看成是俄罗斯的第一个表现主义作家。与其他人不同的是，伊耶祖依托娃（Иезуитова Л. А.）把安德列耶夫列入现实主义作家的行列，但是她指出，安德列耶夫是在探寻一条具有特色的现实主义道路，而不是远离现实主义。

进入20世纪90年代，俄罗斯国内对安德列耶夫的研究出现了质的飞跃。在《安德列耶夫文集》重新结集出版的同时，安德列耶夫去世前几年的日记、书信及别人对他的回忆文章也陆续出版发行，这丰富了对安德列耶夫研究的史料资源，俄罗斯文学界也再次将安德列耶夫归入20世纪经典作家的行列。在这一行列中，人们可以找到与安德列耶夫同时代的著名作家和文学评论家的名字，包括托尔斯泰、契诃夫、В. 柯罗连科、高尔基、魏列萨耶夫、勃洛克、别雷、梅列日科夫斯基、吉皮乌斯、卢森堡、温格罗夫、Н. 米哈伊洛夫斯基、托洛茨基、В. 沃洛夫斯基、А. 卢那察尔斯基、М. 沃洛申、К. 楚科夫斯基、К. 阿拉巴任、А. 伊兹梅洛夫、利沃夫-罗加切夫斯基等。

这些评论者来自社会各个阶层，他们有不同的经济状况、政治观点、人生理念、思想情趣和文化背景，因此，尽管这一时期的"安德列耶夫学"正处于草创阶段，然而从整体上说，这些评论是丰富多彩的。评论者的视野非常广阔，几乎涉及作家生前发表的每一部小说和戏剧作品，而评论内容则涵盖了作家创作思想和艺术特点的方方面面。从作家思想层面的社会意识形态、悲观主义和形而上的倾向，到其独特的心理描写和探索，艺术和语言风格，所有方面都不乏精辟之论。

1. 悲观主义倾向

很多评论家指出了安德列耶夫的悲观主义与颓废主义倾向，早在1901年针对安德列耶夫的第一部作品集《短篇小说集》所发表的评论中，米哈伊洛夫斯基就在《谎言》中看到了"悬挂于作为艺术家的安德列耶夫光明未来之上的一小片乌云"，并提醒这位年轻的作家要避免走颓废主义的道路。托尔斯泰评价《黑暗》认为，安德列耶夫完全缺乏分寸感。

还有的批评家将主要关注点放在了安德列耶夫创作的思想和社会基础上。他们将安德列耶夫视为小资产阶级的代言人,批评他的"落后"和悲观主义。这一阵营最具代表性的评论家是 В. В. 沃洛夫斯基。他在 1905 年的《列昂尼德·安德列耶夫》一文中指出,安德列耶夫从前辈艺术家和知识分子那里主要继承了两种相互对立的倾向:对社会充满希望和"无望"的悲观主义。

小说《墙》发表后引起了批评界的不同反应。有人否定了作品内容,有人看到了不成功的讽刺性。有人捕捉到时代征兆,有人认为在这部小说中反映了作家的悲剧世界观。后来出版的《阅读安德列耶夫的日记》中,收录了作家早期和晚期日记。这些日记对安德列耶夫本人的创作也很重要,因为作家曾反复阅读自己青年时期的日记,从中找到思想,而且在其中做了一些摘抄。1918 年 4 月 29 日,他摘抄了一段 1891 年 8 月 1 日的笔记,从笔记中他总结出自己的创作道路应该是"全面破坏所有人类价值的思想"。

怀特(Уайт Ф. Х.)的两篇文章:一篇为《作家的疾病:自我反射式的创作和医院图景——列昂尼德·安德列耶夫:戏剧表演和欺骗》(Болезнь писателя: творческая саморефлексия и клиническая картина. Леонид Андреев: Лицедейство и обман),另一篇为《谜一般的生活:安德列耶夫的疾病史》(Заметки. Реплики. Отклики. " Тайная жизнь" Леонида Андреева: История болезни),都认为安德列耶夫有过精神疾病史。在《谜一般的生活》中,他还描述了作家的 1898 年 8 月 11 日的一段日记:"又是没有意义的痛苦,没有目的的抱怨。可怕的日子,恐怖的夜,世界远离开我,你一个人头痛。多可怕,当早晨就要绞刑。痛苦的生活:生存,苦恼,哭泣,如同在地狱中受罪地折磨,活着,活着。死了多好!在安静与静止中。不再折磨心脏,不再打击思维的大脑,脑袋已经断了。多可怕,这些痛苦的思想,不可能用语言描绘。痛苦无尽,犹如大海,我深深地陷入其中,但我知道,我还没有触及底部,还有更可怕的夜等待我。人们捕捉着对生的希望,而我却寻求死的希望。怀特发现了安德列耶夫偏爱死亡,并经常酗酒。"

Л. 伊耶祖伊托娃和 Л. 肯(Кен Л. Н.)等学者联合发表的文章《迷惘或欺骗所谓安德列耶夫的疯狂》,反对怀特的观点。首先,他们不赞成安德列耶夫因为得了狂躁症和消极的心理疾病而痛苦。其次,有关安德列耶夫父亲的死亡是有争议的。父亲因银行倒闭深感痛苦，在死前的两三年开始酗酒，而安德列耶夫本人很少喝酒。

拉奇（Радь Э. А.）的《安德列耶夫早期小说情节构成模式》①指出，世纪末悲剧性的感受，生存还是毁灭这一问题迫使作家痛苦地寻找反映现代生活的新的创作方式。拉奇还发现，安德列耶夫的主人公总是很孤独，他们失去了对别人的同情和理解的能力。

从上述研究中，我们发现安德列耶夫的悲观思想或源自他的个人生活经历，或源自作家所生活的病态社会。

2. 表现主义手法

安德列耶夫是20世纪初俄罗斯文学中地位非常特殊的一位作家。他的特殊性不仅在于其罕见的艺术才能，更在于他独树一帜的创作风格，这种风格使他"用最强的放大镜综合了我们的时代"，从而开启了新世纪文学的新篇章。安德列耶夫不仅是作家，也是艺术家，其绘画作品大约有30件。从1910年到1914年，他一直从事绘画。他甚至感到自己是一个画家，曾在两个展会展出自己的画。绘画促进了他运用表现主义手法来描写事物。

俄罗斯对表现主义文学的研究始于20世纪20年代末，最早得到关注的是安德列耶夫的戏剧创作，之后表现主义被视为颓废艺术而长期无人问津。直到20世纪90年代俄罗斯文学评论界才开始广泛关注现代主义文学中的表现主义倾向。

著名评论家尤菲早在1927年就公开宣称安德列耶夫是俄罗斯小说创作中的第一个表现主义者，并列出了其表现主义诗学的基本特点。②随后他在专著《艺术综合史》中研究了20世纪初文学艺术中表现主义，将安德列耶夫和帕斯捷尔纳克列为俄罗斯文学表现主义的代表。尤菲认为，安德列耶夫的表现主义表现为反叛经验主义和日常描写，探索个体心理和生活中的共性和规律。他

---

① Радь. Э. А. Сюжетообразующие парадигмы в ранних рассказах Л. Н. Андреева [J]. Вопросы филологии. 2012, (1). с. 64–71.

② Иоффе И. И. Культура и стиль. Система и принципы социологии искусства. Литература, живопись, музыка натурального, товарно-денежного, индустриального хозяйства. Л.：Прибой, 1927. с. 324–328.

作品的情节和人物都服务于这类哲学问题的探讨，故而出现了模式化和抽象化的风格特点。作品的语言激情洋溢，具有抽象的情感论辩特征。①

1928年，德里亚今的专著《俄罗斯的表现主义：安德列耶夫的戏剧创作》出版。作者分析了安德列耶夫的戏剧创作中的表现主义倾向，"不是反映世界，而是表现自己的情感和思想，总是从抽象的思想出发"②。

1975年，什维佐娃（Швецова Л. И.）在《接近表现主义的创作原则和观点》一文中更为深刻和全面地对安德列耶夫的表现主义倾向进行了探讨，她认为安德列耶夫的创作风格不是单一的，而是综合了各种手法，因而她认为采用表现主义倾向比单纯用表现主义来界定作家的创作手法更为准确。③

20世纪90年代末的一些学位论文开始将安德列耶夫的创作与俄罗斯的表现主义联系起来研究，如鲁缅采夫（Румянцев М.）的《安德列耶夫的小说风格和20世纪初俄罗斯文学中的表现主义问题》④，维莉娅维娜（Вилявина И.）的《安德列耶夫小说的艺术特色——俄罗斯表现主义的形成与发展》。前者将安德列耶夫的创作与德国—奥地利表现主义创作进行了类型学的比较研究，并认为安德列耶夫的艺术探索走的是表现主义之路；后者从艺术方法的角度研究了安德列耶夫小说创作中的表现主义，并把作家的创作看作是俄罗斯文学中表现主义的典范。

伊琳娜（Ильина Н. А.）在她的文章《安德列耶夫的表现主义艺术倾向》中研究了安德列耶夫的艺术方法。与传统的只看见个别作品中的表现主义相反，她肯定了安德列耶夫的全部作品都具有表现主义倾向。⑤

语文学副博士邦达列娃（Бондарева）的学位论文《安德列耶夫的创作和德国

---

① Иоффе И. И. Синтетическая историяискусств [M]. Л., 1933: c. 463-465.

② Дрягин К. В. Экспрессионизм в России: Драматургия Леонида Андреева [M]. Вятка: Пединститут, 1928.

③ Швецова Л. К. Творческие принципы и взгляды, близкие к экспрессионизму // Литературно-эстетические концепции в России конца XIX начала XX в.: Сб. - М, 1975. - C. 275-283.

④ Румянцев М. Г. Стиль прозы Л. Андреева и проблема Экспрессионизма в русской литературе начала XX века [D]. M., 1998.

⑤ Хроника, конференция, посвященная Н. С. Лескову, Л. Н. Андрееву, Б. К. Зайцеву. Русская литература. 2002, (3). 第230-235页.

表现主义》①（Творчество Леонида Андреева и немецкий экспрессионизм）指出，安德列耶夫的表现主义与德国表现主义的联系与区别，并发现安德列耶夫不同阶段作品的表现手法也不同。安德列耶夫创作中的表现主义体现为两个方面：一则他希望借助主观情感表现人的内心世界，如在小说《墙》《红笑》中，作家通过荒诞的方式表现不合理的世界；二则在小说《瓦西利·菲韦斯基的一生》《七个被绞死者的故事》和《省长》中，他利用表现主义手法反映现实世界。

斯米尔诺夫（Смирнов В. В.）在《俄罗斯表现主义：安德列耶夫和马雅可夫斯基》（Проблема экспрессионизма в России: Андреев и Маяковский）②一文中指出，安德列耶夫在外表英勇下隐藏着无意志和倾向于忧郁和消极。安德列耶夫曾多次尝试自杀，并且经常酗酒，表现主义在安德列耶夫的早期作品中并不明显。他作为一个新的现实主义小说作家，在《墙》中看到了很强的表现性。文章还认为，在《瓦西利·菲韦斯基的一生》中可以看到表现主义创作手法。

综上可见，安德列耶夫的创作与表现主义有着密切联系。安德列耶夫的这种对触目惊心和严重失调的历史感到恐慌，现实的情景转化为艺术家强烈的感受，因而他需要这种表现感受的艺术，而且表现主义这种创作手法在他的创作中尤为突出。

3. 哲学思想

德国的哲学家中，特别是叔本华和尼采对安德列耶夫的创作影响颇大。在作家早期日记及晚期作品中均可发现，叔本华对他的思想与审美倾向的影响。在晚期的作品中，作家对待哲学家的态度发生了变化，人物形象不再是具体的，而是变得概括而综合了，如作品《瓦西利·菲韦斯基的一生》《萨瓦》

---

① Бондарева, Наталия Алексеевна. Творчество Леонида Андреева и немецкий экспрессионизм [D]. Место защиты диссертации: Орел. 2005.

② Смирнов, В. В. Проблема экспрессионизма в России: Андреев и Маяковский [J]. Русская литература. 1997, (2). с. 55-63.

《人的一生》《饥饿王》和小说《七个被绞死者的故事》。①

1996年9月30日到10月3日，正值伟大的作家诞辰125周年之际，安德列耶夫和世界文化的学术会议在彼得堡召开。② 会议议题丰富，在召开学术大会的同时，还可以看到有关作家珍贵的文献和电影。与会者还参观了与作家相关的有纪念意义的地方，所有这一切都有助于人们了解安德列耶夫创作的意义和他的日常生活与他创作的关系及作家的精神世界。语文学博士克尔德什（Келдыш В. А.）作了发言，他在《瓦西利·菲韦斯基的一生》这部作品中看到了作家所感受到的世纪之交的最根本问题，并发现安德列耶夫的小说总是体现一种矛盾情绪和二律背反的特点。他发现了安德列耶夫的作品中潜在的哲学问题。作家的生活展现了他的个性，作品体现了近代哲学的反思对象（尼采的超人，Н. А. 别尔嘉耶夫的宗教个人思想）。克尔德什确认，作家的创作经验来自20世纪文学聚焦的社会病态问题，其作品中个人的命运成为重要主题。研究者穆拉托娃（Муратова К. Д.）探讨了安德列耶夫的《飞翔》，她断定这部作品是打开作家一切创作之谜的钥匙。她还详尽地对小说加以解析，并发掘作家的思想观点，最后她强调这部作品是作家世界观的映射，作家透过死亡这扇门看到了"生的意义"所在，主人公很想消灭铁栅栏，因为它们包围了人的天性和理智，而主人公的牺牲被作家理解为是对浪漫而勇敢之人的颂扬，是对飞向星空之人的颂扬。

2001年9月25—28日，奥廖尔召开了国际人文学术会议。③ 语文学博士库尔兰茨卡娅（Курляндская Г. Б.）在自己的学术报告《在19世纪俄罗斯文学背景下，安德列耶夫的宗教哲学观》中指出，"探寻宗教哲学"是世纪之交的俄罗斯作家的共同主题，她还分析了包括安德列耶夫在内的俄罗斯作家的创

---

① Козьменко М. В. Артур Шопенгауэр в ранних дневниках и позднейших произведениях Леонида Андреева к проблеме корреляции философской и художественной картин мироздания Известия [J]. Известия РАН. 2010，（6）. с. 21-30.

② Двинятина Т. М. Международная научная конференция：Леонид Андреев и мировая культура [J]. Русская литература. 1997（1），с. 279.

③ 以下观点均出自于该学术会议纪要：Драгунова Ю. А.，Михеичева Е. А.，Тюхова Е. В. Конференция, посвященная Н. С. Лескову, Л. Н. Андрееву, Б. К. Зайцеву. Русская литература. 2002，（3）. с. 230-234.

作思想。她从道德角度来分析安德列耶夫，认为他属于俄罗斯经典作家，他同托尔斯泰和陀思妥耶夫斯基在创作上一样，都把道德哲学放在首要位置。安德列耶夫在《信使报》上发表的一些小说成为语文学副博士杰拉特尼克（Телятник М. А.）的研究对象，他断定笑的要素在安德列耶夫作品中不比悲剧要素少，而且笑所占据的篇幅也很明显。在很多青年研究者的研究中，他们对作家的创作解读采用了新的方法和新的视角。克拉西利尼科夫（Красильников Р. Л.）的《安德列耶夫早期作品的死亡学》（Танатология в ранней прозе Л. Н. Андреева）论文对安德列耶夫作品中的死亡现象作了较为系统的分析。而语文学博士伊耶祖依托娃以新的视角分析了作家的《加略人犹大》，她在《加略人犹大：所阐释的问题》一文中指出，这部作品是安德列耶夫最具神秘色彩的一部作品。克罗卜史托卡（Клопштока Ф. Г.）指出，"弥赛亚"问题一直占据作家创作的特殊位置。研究者们的意见交汇处和分歧处是在犹大的形象的阐释上，他们得出的结论是作家不同时期的作品有着"不同的激情和艺术思想特点"，同时他们发现"安德列耶夫在阐释福音书情节时的新奇的思想"。语文学博士克尔德什（Келдыш В. А.）的报告独具特色，他不但把安德列耶夫同以往作家对比，还与同时代人对比。他指出，尼采的哲学思想在俄罗斯文学中得到发展，研究者把陀思妥耶夫斯基和安德列耶夫两位作家加以对比，肯定了小说《谢尔盖·彼得罗维奇的故事》继承与发展了"超人形象"，发现作品中的人物具有"俄罗斯的尼采"的独特形象。安德列耶夫的主人公继承了超人特征，在作家作品中不是大人物具有尼采的哲学意义，而是小人物。作品中普通人物身上人的要素加强，因为作家想强调每一个人的存在都是重要的。哲学副博士亚历山德罗芙娜（Александровна Д. С.）在学位论文《历史哲学视阈下探析安德列耶夫的世界观》（Мировоззрение Леонида Андреева：историко-философский анализ）[①] 中研究了20世纪初安德列耶夫小说所具有的哲学特点和安德列耶夫二律背反的世界观，以及作家创作中的存在主义问题，诸如恶、孤独、自由和死亡的问题。

---

① Демидова Серафима Александровна. Мировоззрение Леонида Андреева：историко - философский анализ［D］. Моск. пед. гос. ун-т. 2008.

库济曼恩卡（Козьменко М. В.）在《叔本华在安德列耶夫早期日记和晚期作品中，对其哲学和艺术世界画面创建的影响》一文中，分析了安德列耶夫中学时期未发表的日记，并从中发现叔本华对作家思辨精神的形成和审美趣味形成的影响。① 安德列耶夫在读中学时阅读了叔本华的《作为意志和表象的世界》这本书，并从此爱上了叔本华。叔本华的哲学不仅给作家注入新的哲学思想，而且叔本华关于人的存在与情感论述也影响了安德列耶夫的创作。叔本华认为人的性格不会改变，年轻时的性格同年老时几乎一样。叔本华关于女性的观点影响了安德列耶夫，叔本华对人们向往的美好而理想的女性感到失望，在哲学家身上患上了一种叫厌女症的疾病，"叔本华把他对女性的观点转嫁到我身上，虽然在我这完全是另一种样子，在他那是思想的结果，但在我这是吃得过饱的结果"②。通过以上分析，我们看到作家的哲学思想受到叔本华的悲观哲学影响颇深，但是，安德列耶夫从未放弃拯救人类的愿望。

综上，我们发现在作家的整个创作中，贯穿着叔本华的悲观思想与尼采的超人哲学，并在作家的生活与创作中均有所体现。

4. 孤独的结局

孤独的主题深受作家的偏爱，他作品中的人物彼此不能理解，因而他们常常感到孤独。每个人仿佛都戴了一副彩色眼镜，透过它可以看到不同于其他人眼中的世界。安德列耶夫作品中的人物往往无法选择生活方式，命运早已注定，人与人之间存在着障碍，存在着隔阂。

А. 勃洛克为纪念安德列耶夫而写了一篇名为《纪念列昂尼德·安德列耶夫》的文章，其中，勃洛克讲述了他最欣赏安德列耶夫的《人的一生》和《加略人犹大》这两部作品，他认为安德列耶夫是极为孤独的人，他本人就是一个混乱无序的矛盾综合体。他回忆阅读安德列耶夫的《瓦西利·菲韦斯基的一生》这部作品时的情景："一个落雨的秋夜，我在庄园里读《瓦西利·菲韦

---

① Козьменко М. В. Артур Шопенгауэр в ранних дневниках и позднейших произведениях Леонида Андреева к проблеме корреляции философской и художественной картин мироздания Известия [J]. Известия РАН. 2010, (6). с. 21-30.

② Андреев Л. Н. Дневник. 12 марта – 30 июня 1890 г. // Русский архив в Лидсе (Великобритания). MS. 606/E. 1. с. 84.

斯基的一生》，当时感到一阵震惊，至今还记忆犹新。现在这些我度过一生中黄金时光的可亲可爱的地方，已经不复存在了；也许，只有老椴树在瑟瑟作响，如果它们的皮还没有被剥去的话。到处都有危险，灾祸近在身边，恐怖的事就要发生——这一切我早在第一次革命前就知道了。"① 托尔斯泰在谈起安德列耶夫时说："他恐吓，而我不怕。"② 安德列耶夫让人恐惧，这无庸置疑。安德列耶夫把世界理解为一个混乱的，对立现象连续斗争的对立空间，他感兴趣的是这个空间中那些奇怪的和令人恐惧的东西。

普列什科夫（Плешков А. А.）在《作为哲学家的安德列耶夫的存在主义道路》一文中指出，安德列耶夫的作品体现了存在主义的倾向，存在主义在安德列耶夫的艺术体系中占据着中心位置。研究者发现，评论家在研究安德列耶夫的创作时，通常都是透过白银时代的文学思想流派的棱镜来分析，在那个时期的文学圈子中，作家和评论家都依靠尼采的超人哲学和叔本华的悲观哲学作为自己的理论武器。作家的作品具有前瞻性，并预言了俄罗斯的未来。③

5. 安德列耶夫创作的其他方面研究

20世纪90年代中期，安德列耶夫创作研究及其遗作出版又掀起了一个高潮，俄罗斯和国外的学者都乐此不疲。在此期间发表了大批著述，其中著名的有《安德列耶夫的紧急求救信号：日记（1914—1919）》《书信（1917—1919）》《论文与访谈录（1919）》《同时代人的回忆录（1918—1919）》和《论文与访谈录（1919）》。在2000年，凯尔德士和科济明科编写了《安德列耶夫：资料与研究》（莫斯科）。另外，还出版了两部大型的作家生平集：《列·尼·安德列耶夫生平》（第一册）、《文章与书信》（丘瓦科编，莫斯科，1995）和《列·尼·安德列耶夫生平》（第二册）和《文艺作品》（1909—1919）等。

---

① 勃洛克. 知识分子与革命[M]. 林精华等译. 东方出版社，2000年. 第206页. 本文首次刊于《幻想家札记》杂志1921，（5）.

② 周启超. 列昂尼德·安德列耶夫卢纳察尔斯基.《白银时代》名人剪影（卷三）. [C]. 刘涛译. 中国文联出版社，1998年. 第82页.

③ Плешков А. А. Тропами экзистенциализма: Леонид Андреев как философский писатель. Вопросы философии. 2012，（9）. с. 109-119.

绪 论

2001年9月25—28日，为庆祝奥廖尔国立大学建校70周年暨安德列耶夫诞辰130周年，在该大学召开了国际人文科学学术会议。①"重读、新思想、新材料"是大会的主题，与会者提出了很多新观点。语文学博士耶萨乌洛娃（Есаулова И. А.）在《在 Н. 列斯科夫、Л. 安德列耶夫和 Б. 扎伊采夫的艺术散文中所呈现的东正教的疯癫和西欧的丑角的行当》论文中，开创了有史以来从未把这三位作家的创作放在一起研究的先河。语文学博士艾萨尔涅克（Эсалнек А. Я.）采用新方法研究了作家的创作，在《安德列耶夫散文体裁的形态学》一文中，他率先研究了作家的艺术文本的体裁问题，列举了一系列安德列耶夫的作品来证明他的创作属于"浪漫"类型。语文学副博士 Л. 肯在报告中，从构思、体裁和篇章等维度来研究作家的创作。他在《红笑》中寻找安德列耶夫和同时代人对待战争主题的异同之处。语文学副博士希什金娜（Шишкина Л. И.）以作者创作构思的变化为切入点，展示了具体社会历史现实的变化。语文学博士奥斯莫洛夫斯基（Осмоловский О. Н.）在自己的报告中继续了《陀思妥耶夫斯基和安德列耶夫》的主题。按照他的观点，在陀思妥耶夫斯基和安德列耶夫的创作中，超人思想形态和心理的"基本变态现象"体现在斯塔夫罗金（《群魔》）和马格努斯（《撒旦日记》）身上。安德列耶夫与陀思妥耶夫斯基的关系是合而不同，如果说在安德列耶夫的作品中没有道德就没有出路的话，那么在陀思妥耶夫斯基人物那里"道德却能找到出路"。语文学博士沃尔科娃（Волкова Е. М.）的会议论文《关于人的命运的两个现代戏剧家：豪普特曼和安德列耶夫》和语文学副博士库济曼恩卡（Козьменко М.）的会议论文《安德列耶夫的早期散文：文本学问题》都涉及相同的主题：作家和同时代人的关系问题。戏院导演斯米尔诺娃（Смирнова Г. В.）在论文《安德列耶夫和丹尼尔：弥赛亚和命运》中探讨了作家作品中的父与子的关系，并认为两位作家都具有神秘天赋，而且关注了丹尼尔的《世界的玫

---

① Драгунова Ю. А., Михеичева Е. А., Тюхова Е. В. Конференция, посвященная Н. С. Лескову, Л. Н. Андрееву, Б. К. Зайцеву. Русская литература. 2002, (3). с. 230-235.

瑰》①，发现作者的创作中有"老安德列耶夫"的哲学创作迹象，尤其仿效了小说《加略人犹大》和《飞翔》两部作品。在本次大会中，有人还指出安德列耶夫创作上的"综合主义"（синтетизм）体现在《撒旦日记》的创作中。这部小说凝聚了作家一生的创作理念，最大限度地体现了作家的"综合主义"。研究者还发现安德列耶夫和扎米亚京创作上的联系性以及安德列耶夫戏剧创作的艺术和思想特点，并提出安德列耶夫的创作原则是被修改了的现实主义，即新现实主义（новый реализм）。

俄罗斯学者不仅研究了作家的创作，而且对其传记也进行了整理。1922年，柏林—彼得堡—莫斯科出版的《关于列昂尼德·安德列耶夫的书：回忆录》中收录了 М. 高尔基、К. 楚科夫斯基、А. 勃洛克等人关于安德列耶夫生前的回忆。1924年，法托夫在莫斯科出版了《列昂尼德·安德列耶夫的年轻时代》。1959年，出版了一部评论安德列耶夫生平和创作的专著《列昂尼德·安德列耶夫》，作者为奥廖尔的文学家 Л. 阿福宁。安德列耶夫成为语文科学的一个研究领域。奥廖尔是安德列耶夫的故乡，后来它成为研究这位作家生平和创作的中心之一。1963年，由苏联作家出版社出版、安德列耶夫之子瓦季姆撰写的回忆录体中篇小说《童年》出版。作者以安德列耶夫的亲人视角来描写作家父亲的生活与工作。1965年，莫斯科出版社出版了《文学遗产》第72卷，其中就有《未曾发表的高尔基与安德列耶夫之间的通信》，这是一部研究安德列耶夫非常重要的文献。

俄罗斯著名文学批评家帕维尔·巴辛斯基为纪念高尔基（1868—1936）逝世七十周年，于2006年出版了《另一个高尔基》，在这部传记的第六章"友谊和敌意"中，专门描述了高尔基和安德列耶夫的交往。这一章由九节构成，分别是《唯一的朋友》《高尔基、安德列耶夫和托尔斯泰》《不听话的学生》《"男子气"与"女子气"》《深渊》《革命与侨居》《敌意的开始》《在卡普里岛上》和《敌意》。作者不但叙述了安德列耶夫的经历，还阐释了他的

---

① 丹尼尔·列昂尼德罗维奇·安德列耶夫（Даниил Леонидович Андреев）是20世纪俄罗斯最伟大的诗人和小说家、思想家、神秘论者之一。安德列耶夫于1906年11月2日出生在柏林，父亲是著名小说家列昂尼德·安德列耶夫。

思想发展，尤其细致入微地全面分析了作家的小说《深渊》，不但记录了同时代评论家对《深渊》的批评，还阐释了作家本人对批评的反应，并补充进了一些罕见的文献，如安德列耶夫继《深渊》后又写了一篇《反深渊》。总之，帕维尔·巴辛斯基为我们更加全面认识安德列耶夫作出了一定贡献。[1]

二、国外研究状况

在整个20世纪，国外文学界对安德列耶夫的研究经久不衰。我们在这里列举一些最重要的专著：如1924年出版的美籍俄裔学者A. 考恩（Alexander Kaun）的《列昂尼德·安德列耶夫：批评研究》（纽约）。这本书包含丰富的资料，作者将作家的个人生活与他的创作主题、创作方法以及他所处时代之现实的社会背景联系起来，详尽地记录了安德列耶夫的生活经历。1936年，亨利·豪·金（Henry Hall King）在《陀思妥耶夫斯基与安德列耶夫：深渊之上的凝视者》（纽约）指出，安德列耶夫是对陀思妥耶夫斯基思想的继承和发展。J. 伍德沃德于1969年出版了《列昂尼德·安德列耶夫研究》（牛津），他论述了安德列耶夫的创作有着内在的统一性，认为作家的每部作品都在预示："人本身就是自己的刽子手，个性为了个人主义的自我肯定，断绝了与生活的本质联系，于是从形而上的存在堕落下去。这不是人的不幸，而是他的过失。"[2] 1972年，奈蒂克撰写了《列昂尼德·安德列耶夫戏剧中的表现主义》。1990年，英国学者斯蒂芬·哈钦斯出版了《对列昂尼德·安德列耶夫1900—1909年短篇小说的符号学分析》，日本学者藤井省三作对鲁迅的早期创作和安特莱夫在中国的命运作了研究。[3]

英国的柯林·威尔逊（Colin Wilson）所著的《我生命中的书》（The books in my life）是探索人类生命意义的名家之作，其中一章专门论述了安德列耶夫的小说创作和思想，分析了作家的几部代表作品，有几处有着独到见解。例如在分析安德列耶夫的《深渊》时，柯林·威尔逊并不赞同安德列耶夫认为性

---

[1] 巴辛斯基. 另一个高尔基 [M]. 余一中，王加兴译. 译林出版社, 2012.

[2] 中国社会科学院外国文学研究所编. 外国文学研究集刊（第十一辑）[C]. 中国社会科学文化出版社, 1987年. 第111页.

[3] [日] 藤井省三. 鲁迅研究月刊 [J]. 马蹄疾译.1993, (3).

是一种虚幻,他以现象学角度审视性:"性交之后,人会感到忧伤。然而,如果我们以现象学家的眼光仔细审视性的兴奋,我们就会看出,我们越受到性刺激,就似乎越会想到其他与性有关的事情。'性'基本上是联想性的。在强烈的性刺激状态中,我们脑中似乎充满了记忆。记起自从我们第一次意识到性以来令我们感到兴奋的一切。"① 柯林·威尔逊认为《七个被绞死者的故事》中的维尔涅充满活力,藐视死亡的境界正是因为性可以使人兴奋,性可以唤起人的意志,从而看到更广阔的现实。

第二节 安德列耶夫在中国研究状况

一、20世纪初至40年代之前研究状况

我国对安德列耶夫的研究较早,早在1906年,鲁迅先生就注意到了这位域外小说家,指出安德列耶夫"为俄国当世文人之著者,其文神秘幽深,自成一家"②。1909年,鲁迅在日本留学期间就从德文翻译了《赤笑记》(即《红笑》)、小说《谩》(《谎言》)和《默》(《沉默》),还有《暗淡的烟雾里》和《书籍》等,并对安德列耶夫的创作进行了译介性的研究。1925年9月30日,在写给许钦文的信中,鲁迅分析了安德列耶夫作品中的突出特点,即悲观主义思想。安德列耶夫对鲁迅的创作影响颇深,"鲁迅受过不少外国作家的影响,其中最重要的是果戈理、契诃夫和安德列耶夫"③。鲁迅不但研究安德列耶夫的小说而且深受其影响,刘西普的文章《鲁迅小说的象征手法与安特莱夫》论述了安德列耶夫的象征主义手法是如何影响鲁迅创作的。

1916年,宋春舫在《世界新剧谭》中介绍了作为剧作家的安德列耶夫,并将其与托尔斯泰、契诃夫和高尔基相比较,认为他们"皆抱厌世主义甚

---

① [英]威尔逊. 我生命中的书 [M]. 陈仓多译. 重庆出版社,2006年. 第295页.
② 鲁迅译. 鲁迅译文集(卷一)[C]. 人民文学出版社,1958. 第184页.
③ 陈建华. 中国俄苏文学研究史论(第一卷)[M]. 重庆出版社,2007. 第86页.

深"①。1919年，周作人在翻译安德列耶夫的小说《齿痛》的译后附记中，对他生前的整体创作进行了较为细致的述评，着重分析了《七个被绞死者的故事》《红笑》和《战争的桎梏》，并指出在安德列耶夫的作品中表现了"浓厚的人道主义的色彩，这是俄国的特性，与别国不同"。在周作人之后，茅盾很快就在《小说月报》上发表了两篇谈及安德列耶夫的文章：第一篇《安德列耶夫死耗》，介绍了安德列耶夫的专辑和部分作品。在第二篇文章《俄国近代文学杂谈》（下）里，茅盾将安德列耶夫与高尔基作比较，并指出："他们都是革命的文学家，看准了俄国社会的败根，不容情地抨击。而他们的差别则在于前者具有某种神秘主义、忧郁的情绪，而后者则充满了对未来的信仰。"郑振铎在《俄国文学史略》中对安德列耶夫的整体创作进行了评价，认为安德列耶夫创作中带有宿命论和颓废的性质，认为他的大部分作品都是关于"近代人的忧闷"。郑振铎当年曾很欣赏安德列耶夫"外冷内热"的人道主义，指出作家"是从残酷的人生悲剧里见到人道之光的，是从反对消极一方面写出人道之声的，所以见得最为真切，写得最为沉痛，且能感人深远"②。姚蓬子（1905-1969）翻译了《小天使》，为我们了解作家的作品做出了贡献。

1931年，钱杏邨（阿英）出版了中国第一本关于安德列耶夫的专著《安特列耶夫评传》（或译《安德列耶夫评传》），论述了作家的生平与作品研究状况。他梳理了作家的整个文学创作道路，介绍了安德列耶夫的颓废思想及艺术成就，同时加入了一些意识形态的评语，但是总体还是对安德列耶夫的写作艺术持赞赏态度。此外，瞿秋白、李霁野、周瘦鸥、汝龙、耿济之等人也对安德列耶夫的创作进行了译介与评论。

二、20 世纪 80 年代以后研究状况

20世纪40—70年代我国对安德列耶夫的研究与俄罗斯一样，研究著作甚少。由于种种历史原因，安德列耶夫作品的翻译与研究工作沉寂了几十年。

20世纪80年代的反思热潮使得对安德列耶夫的研究有部分回归，我国才

---

① 宋春舫. 宋春舫论戏剧（第一集）[M]. 中华书局. 1923. 第258页.
② 郑振铎. 俄国文学史略 [M]. 商务印书馆. 1933. 第132页.

又重新开始翻译介绍、研究评价安德列耶夫的创作,安德列耶夫再次引起关注。

1. 安德列耶夫与鲁迅

在中国的安德列耶夫研究者中,不能不提及鲁迅。因为鲁迅最早将安德列耶夫的作品译介到中国。近年来,关于安德列耶夫和鲁迅的研究有多方面的,对两位作家创作进行比较的,如王富仁的硕士论文《鲁迅前期小说与安特莱夫》(1982)比较了鲁迅前期小说与安德列耶夫作品在外在形式上的直接联系,认为鲁迅的《狂人日记》和安德列耶夫的《谩》相比,《谩》体现得要更悲观。王富仁还比较了鲁迅与安德列耶夫在创作手法上的一致性:在心理描写以及处理心理描写的关系上有着共同特征,鲁迅糅合了包括安德列耶夫在内的很多作家的心理描写的艺术表现手法,并做了创造性的运用。鲁迅将安德列耶夫的象征主义表现手法也融汇进了自己的现实主义作品中。除此之外,还有比较两位作家创作思想与主题的研究。崔洁莹的《鲁迅与安德列耶夫创作思想之比较》[①](2010年),论述了俄罗斯作家列·安德列耶夫对鲁迅先生的小说创作有重要影响,其精神内核相似,对人与社会之间的复杂、紧张关系有共同兴趣,在主导创作意向上都有关注人、关注人与民族命运的情怀,以及深刻的悲剧心理和变革倾向;创作风格上,两位作家都有着"阴冷"的风格特征。李舒的《阴冷的真实——鲁迅与安德列耶夫小说创作之比较》[②](2004年)对人类苦难的正视和对生命真实的关照是鲁迅与安德列耶夫小说创作的共同主题。现代主义手法的运用,造成了他们作品呈现出一种"非理性的阴冷"。这些类似之处与他们的哲学世界观是分不开的。陈禹辛比较了两位作家的写作风格,在他的文章《"阴冷风"的扩散——爱伦·坡、安特莱夫和鲁迅小说创作之比较》[③]中,认为安德列耶夫的阴冷文风,即凭借独特的语言、写作方式给读者

---

① 崔洁莹. 鲁迅与安德列耶夫创作思想之比较 [J]. 黄河水利职业技术学院学报, 2010, (1). 第98-101页.

② 李舒. 阴冷的真实——鲁迅与安德列耶夫小说创作之比较 [J]. 江苏教育学院学报, 2004, (5). 第83-86页.

③ 陈禹辛. "阴冷风"的扩散——爱伦·坡、安特莱夫和鲁迅小说创作之比较 [J]. 英语研究, 2012, (3). 第38-43页.

造成恐怖、阴森之感。从爱伦·坡到安特莱夫再到鲁迅,三位作家处在不同时期、不同国家,却不约而同地成为这种风格的领导者。一方面,后辈作家受到前人影响继承了阴冷风格;另一方面,通过分析文本的内在主题及外在表现手法后发现,三人因其生活背景以及各自的创作诉求不同,在风格传承上又有其各自特点和侧重。鲁迅在继承前人阴冷风格时,更多地表达出自己对社会矛盾根源的探索和革命前途的呐喊,这显示出鲁迅对前人的超越。

汪晖的《20世纪初期的文化冲突与鲁迅的文化哲学》[1]认为,鲁迅早期思想受到西方社会思潮的影响,其中安德列耶夫的现代主义、非理性主义对其有所影响。文章对鲁迅这一时期的文化哲学和人生哲学的基本命题、内在原则、心理特点同安德列耶夫的联系进行了考察,尤其是对于鲁迅文化哲学中关于个体人的价值与解放问题,包括鲁迅关于人的个体性、主观性、自由本质与超越性的思考和他所表现的孤独感、绝望和反抗等心理特征进行了较多的剖析。

比较创作手法的有,刘西普的《鲁迅前期小说与安特莱夫》[2]看出安德列耶夫对鲁迅小说象征手法的影响,但是,鲁迅绝不是安德列耶夫的机械的模仿者,由于两人思想和世界观的不同,他们的创作,包括在象征手法的运用上,也存在着深刻的区别。

从翻译方面研究二者的关系的,如陈磊、何佩兰的《鲁迅对安德列耶夫的翻译及安德列耶夫对鲁迅创作的影响》[3]认为,被誉为"中国现代小说之父"的鲁迅,其小说方面所取得的巨大成就,得力于他浑厚的中国传统文化功底和对外国文化的广泛摄取,安德列耶夫就是对他影响很深的外国作家之一。鲁迅本人也曾经具体地指出他受过安德列耶夫的影响,而这一影响主要来自他曾经亲自翻译的安德列耶夫短篇小说。

由此可见,对鲁迅与安德列耶夫两位作家的研究开展得深入全面,不仅为我们研究安德列耶夫提供了文献,也促进了对鲁迅更全面的研究。从上述分析中,我们发现鲁迅的神秘和阴冷的文风很多得益于安德列耶夫,尤其是反抗精

---

[1] 汪晖. 20世纪初期的文化冲突与鲁迅的文化哲学 [J]. 中国社会科学. 1989,(2). 121-137页.
[2] 刘西普. 鲁迅前期小说与安特莱夫 [J]. 西北民族大学学报, 1984,(4). 第118-124页.
[3] 陈磊、何佩兰. 鲁迅对安德列耶夫的翻译及安德列耶夫对鲁迅创作的影响 [J]. 周末文汇学术导报, 2006,(1). 第29-30页.

神和追求自由，对人生的深刻领悟都与安德列耶夫有着直接关系。

2. 悲观主义

安德列耶夫的创作体现了末世思绪，也体现了作家对旧世界的绝望和对新世界的渴望。这种绝望和渴望的心境属于当时的各种社会力量，不仅有知识分子、神职人员、军人、农民、工人和小市民，而且也包括以官僚为代表的统治阶级。安德列耶夫浓墨重彩表现的就是黎明前最黑暗的时刻，就是无路可走的绝境，就是绝境中无望的挣扎。① 安德列耶夫的文风阴冷，善于描写死亡，对人之死的赤裸裸揭示让人感到窒息，这与作家的个人气质也是离不开的。关于他的悲观思想的研究有刘锟的《无奈的追问无助的抗争——论安德列耶夫的创作中悲观主义的宗教来源》② （2004年），作者指出安德列耶夫的人格气质的形成既有自身的内在因素，又具有外在环境的作用。首先安德列耶夫的悲观主义不是属于他个人的现象，而是代表了社会思想和艺术形态的整整一个时代。而中学时代文学启蒙时期，安德列耶夫又受到德国非理性主义哲学家叔本华、唯心主义思想家哈特曼著作的影响，这进一步在他的意识中奠定了面对人类生存的残酷现实时的悲观主义心理基础，也成了他世界观的基础。刘锟认为瓦西利·菲韦斯基如同《圣经》中的约伯，遭受种种苦难。《人的一生》同样具有悲剧色彩，人难免逃脱一死，这种悲剧色彩笼罩着安德列耶夫的所有作品。

周启超在硕士论文《列·安德列耶夫的小说创作风格初探》（1984）中指出，安德列耶夫具有"哲理气质甚为浓郁的创作个性"，在他的作品中存在着一个二律背反的基本冲突，"一方面，人反抗现存世界的努力总是以悲剧结局；另一方面，人的不妥协的本能不可遏止，追求自由的能量注定要释放出去"。因此，安德列耶夫"对生活意义的理解就是悲观主义的反抗"。

还有的研究者将作家的具体作品加以分析，从中发掘其悲观思想。李哲和

---

① 郑体武. 安德列耶夫创作的时代精神//新中国成立以来的外国文学教学与研究 [C]. 上海外语教育出版社，2011. 第232页.

② 刘锟. 无奈的追问无助的抗争——论安德列耶夫的创作中悲观主义的宗教来源 [J]. 俄罗斯文艺. 2004，（3）. 第31-33页.

曹伊的文章《从戏剧〈人的一生〉透视安德列耶夫的哲学思想》[①] 指出，安德列耶夫受叔本华的悲观哲学影响颇深，因而他的作品是悲观主义的体现，人生的本质就是苦难和悲剧。青年时代的安德列耶夫常常忧郁，并对死亡充满兴趣。该文从安德列耶夫的戏剧代表作《人的一生》入手，深入解析他的悲观主义情怀、对生死的思考和人生意义的认知，揭示其独特的哲学思想，即"苦难"虽是不可逆转的宿命，但死亡亦是生命的重要组成部分，人应当为现世生命奋斗，勇于向命运抗争，努力实现人生价值，彰显人性魅力。

从以上分析中我们发现，安德列耶夫的悲观思想离不开当时的社会思想和作家对叔本华悲观哲学的接受。悲观不等于消极，安德列耶夫虽然具有这种思想，但并没有阻止他追求人类理想的脚步。

3. 表现主义倾向

张亚灵的《"世界如其所是：人，微不足道"——从贝克特的〈等待戈多〉和安德列耶夫〈人的一生〉看荒诞派戏剧和表现主义哲理戏剧的艺术手法及其悲观主义哲学理念》[②] 探讨了荒诞派戏剧的艺术特点，并指出《人的一生》有着表现主义戏剧典型的特征。

克冰在《沙俄末年文坛的一颗奇星——安德列耶夫创作浅探》（1990年）中指出，作者对安德列耶夫的整个创作进程进行了梳理并指出，安德列耶夫在创作中更勉力的是对人、人生、社会、宇宙等的一系列范畴的哲学思考。善与恶、生与死、理智与本性以及命运、信念等都是他喜欢思考的问题。另外，还论及了安德列耶夫创作的基调是批判现实主义，但具有明显的表现主义色彩。

卢兆泉在《安德烈耶夫中篇小说〈瓦西利·费维斯基的一生〉的审美特征》（1992年）一文中发现了作家对瓦西利神甫的精神探索，并指出有三个明显的特点：首先，瓦西利的精神探索具有封闭性；其次，具有艰苦性；最后，具有悲剧性。卢兆泉认为《瓦西利·费维斯基的一生》的创作手法十分与"表现主义相接近"。

---

① 李哲、曹伊. 从戏剧《人的一生》透视安德列耶夫的哲学思想 [J]. 大舞台，2015，（1）. 第1-2页.

② 张亚灵. 世界如其所是：人，微不足道 [J]. 俄罗斯文艺，2003，（6）. 第70-76页.

傅景川于 2001 年著的《外国文学史话西方：20 世纪前期卷》书中专门用一章来论述有关安德列耶夫的流派问题，认为安德列耶夫是一位个性鲜明的作家，"他的文学创作既表现出传统的现实主义特征，又具有浓重的象征主义和表现主义倾向"①。

王宗琥的文章《安德列耶夫的创作与表现主义》② 从文学批评和文本分析两个方面对安德列耶夫的表现主义倾向进行全面深入探讨。王宗琥的《俄罗斯表现主义文学的主题特点》③ 以 20 世纪最典型的表现主义作家的作品为主要分析素材，通过与西方表现主义文学和俄罗斯现实主义文学的比较，归纳出俄罗斯表现主义文学在主题方面的一些特点以及经常出现的主题。值得注意的是，王宗琥非常关注安德列耶夫的表现主义，他写了很多相关文章。例如《俄罗斯表现主义小说的时空观》④，以安德列耶夫和扎米亚京的小说为蓝本，通过总体概括和个案研究来考察俄罗斯表现主义小说在时空运用上的共性和个性。他认为俄罗斯表现主义小说根据时空的特点可以分为以下几种类型：模糊的时空，如《大满贯》《红笑》象征的时空，如《墙》里的时间，还有对立的时空。在安德列耶夫那里，时间和空间在小说中失去了传统的地位，变得模糊，其组织情节的功能弱化，由主题取而代之。作品的时空既参与意义构成，又具有构形功能，既有表现主义的抽象，又有现实主义的具体，总体上呈现出"综合主义"的艺术风格。

通过前期的研究成果，王宗琥于 2011 年出版了著作《叛逆的激情——20 世纪前 30 年俄罗斯小说中的表现主义倾向》，该书介绍了文学史中的表现主义倾向，分析了表现主义在俄罗斯文学中的应用，以及知名作家的作品中的表现主义元素。作者在广义的、艺术方法的层面上对俄罗斯的表现主义进行了一番考察，揭示了表现主义在俄罗斯小说中的起源、影响、具体体现及特点。

---

① 吴元迈，赵沛林. 外国文学史话西方：20 世纪前期卷 [M]. 吉林人民出版社，2001 年. 第 356 页.

② 王宗琥. 安德列耶夫的创作与表现主义 [J]. 外国语文，2009，(1). 第 45-48 页.

③ 王宗琥. 俄罗斯表现主义文学的主题特点 [J]. 解放军外国语学院学报，2010，(1). 第 94-99 页.

④ 王宗琥. 俄罗斯表现主义小说的时空观 [J]. 俄罗斯文艺，2010，(2). 第 44-48 页.

王鑫在硕士论文《表现主义视阈下安德列耶夫的人的形象》[①]（2010年）中指出，安德列耶夫的作品中透露出的表现主义尤为吸引读者及评论家的眼球。作家融合了表现主义等创作手法，细致刻画人物形象，深入分析人的内心世界，突出表现人的异化状态。论文从安德列耶夫表现主义创作手法入手，通过对安德列耶夫其作品中表现主义倾向的把握，完成对人的异化状态的探寻及对作家死亡观的重新认识，着重挖掘出安德列耶夫笔下人物的整体特质，全面阐释安德列耶夫的"另类"创作方式。

常景玉的硕士论文《论安德列耶夫戏剧〈人的一生〉的表现主义审美特征》[②]，该文以戏剧《人的一生》为研究对象，结合戏剧理论、表现主义和存在主义哲学理论，挖掘出安德列耶夫所表达的悲观主义世界观和死亡观，并从中窥探作家本人的表现主义审美特征。

一些学者认为安德列耶夫属于现代派，与他作品中的表现主义是分不开的。综上所述，我们看到安德列耶夫的表现主义与对西方表现主义的继承与发扬，也看到他的表现主义在主题方面的特点，以及时空在他作品中的应用。

4. 安德列耶夫创作的其他方面研究

我国新一代俄苏文学专家周启超更以全新的视野深刻地论述了安德列耶夫作品的诗学风貌，使其复杂性、独特性得到了前所未有的凸显。

周启超认为安德列耶夫的心理描写独具特色。作家喜欢"深入细致地刻画在某一特定的心情支配下的心理境界，让主人公的感觉、情绪、思想、意志等意识活动集中于一点，透过这聚光点展现人物的内心世界"，"感兴趣于主人公的心理演化"，但他的方法又不是像托尔斯泰那样将心理过程全面展开，而是"局限于一个特定方面：从一个特定视角入手，沿着一条线深挖下去"。为了表现人物内心世界，作家还使用声、色来反映情绪。周启超在1996年翻译了作家的《笑》。[③] 周启超还在文章《神秘幽深，自成一家——列·安德列耶

---

① 王鑫. 表现主义视阈下安德列耶夫的人的形象［D］. 黑龙江大学，2010.
② 常景玉. 论安德列耶夫戏剧《人的一生》的表现主义审美特征［D］. 黑龙江大学，2014.
③ 周启超译. 笑［J］. 俄罗斯文艺，1996年，（4）. 第24-26页.

夫小说述评》①对安德列耶夫创作进行梳理，概述了安德列耶夫在中国的接受与他在俄罗斯文坛的地位状况。作家创作中主观情绪的渗透和在作品中变形处理的手法，周启超将其称为"安德列耶夫式"小说诗学品格的基本特征。作家对普遍人类性的哲理探究是围绕着对与世界的关系的思考来展开的。这思考通常是透过那怵目惊心的异常氛围折射出来的，产生了三层冲突：首先，人与异化了的世界格格不入；其次，人自身的奴性与反抗激情互相对立；最后，人对真理的追求与这真理的不可企及而形成的矛盾无法解决。这些冲突在作家笔下融化成怵目惊心的异常氛围。

周启超对安德列耶夫的研究中，最有特色的当属对安德列耶夫流派的归属问题的解答。安德列耶夫的流派归属问题一直引起纷争，周启超为我们解决了长期以来难以解答的问题。周启超的《审美原则上的并立与共生——关于列·安德列耶夫的小说诗学品格兼与苏联评论家对话》②认为，作家安德列耶夫的艺术探索从一开始就不是单取向的。作家的大多数作品的"创作方法"都不是单一的。根据作者创作的诗学品格特征，我们可以对安德列耶夫的创作实绩作几个层面上的概括，抑或几个视角上的评价，兼与苏联评论家的观点进行商榷。①安德列耶夫的"创作方法"。②安德列耶夫创作的诗学价值。他在《白银时代俄罗斯文学研究》中，在专门论述安德列耶夫的题为"在流脉之间耕耘"一节中指出，安德列耶夫以其在艺术追求上的实验性与多向性，在世纪之交俄罗斯文坛上引人注目。"白银时代"乃是俄罗斯文学进程的两大流脉——现实主义与现代主义文学在相互对垒之中又相互渗透的"互动"情形，由这位作家的艺术世界得到了相当鲜明的体现。③

伏飞雄在《安德列耶夫与印象主义》④（2001年）这篇文章中指出，安德列耶夫的小说具有印象主义诗学特征，至今学术界少有深入的论述，这无疑与

---

① 周启超. 神秘幽深，自成一家——列·安德列耶夫小说述评 [J]. 名作欣赏. 1992, (1). 第105-112页.
② 周启超. 审美原则上的并立与共生——关于列·安德列耶夫的小说诗学品格兼与苏联评论家对话 [J]. 外国文学研究, 1990, (4). 第57-63页.
③ 周启超. 白银时代俄罗斯文学研究 [M]. 北京大学出版社, 2003.
④ 伏飞雄. 安德列耶夫与印象主义 [J]. 四川师范大学学报, 2001, (4). 第65-68页.

文学界对印象主义的具体表现还缺乏相对一致的说法有关。印象主义是文学史上的一种过渡性的文学现象，这种过渡性也使安德列耶夫的小说创作在文学史上居于过渡性的地位。伏飞雄在另一篇文章《文学史上的流浪者——关于安德列耶夫其人其作定位的思考》①（2004年）中指出，安德列耶夫生活在一个混乱的年代，他成了生理上和精神上的流浪者，他的一生是在贫寒、漂泊、苦闷与孤独的境遇中度过的。与同时代把"艺术等同于生活"、唯美倾向极浓的象征派、阿克梅派和象征派等的一些作家相比，他的生命显得尤其暗淡、凝重。他很少享受到生活中的诗意。他的死也显得凄凉、阴寒，一点没有跨鹤西去的飘逸。同样，与这三大流派的众多作家被当前学术界热心品评的"风光"相比，他更显失色。

郭秀媛在《安德列耶夫及其创作浅论》②（1998年）中指出，安德列耶夫创作的中心是人、人生。无论他写日常生活琐事，还是写重大的社会问题，都从未离开这一中心。而人是复杂的、矛盾的、不断发展变化的。正因如此，人类很早以来就在渴望认识自身的生存环境的同时，渴望认识自身、表达自身，并为此作了不懈的努力。

李建刚在《高尔基与安德列耶夫的交往与恩怨》③（2000年）一文中评述了高尔基与安德列耶夫两人的恩恩怨怨。他还发表了一篇题为《高尔基与安德列耶夫的通信交往》④，通过叙述两个人的书信交往，反映了安德列耶夫的创作历程以及高尔基对他的影响。他将多年成果形成一部专著《高尔基与安德列耶夫诗学比较研究》（2008年）。作者从文艺学、美学、文化学等不同角度对两位作家的创作与美学思想、友谊及敌对关系予以客观的梳理与理性的评定，从一个侧面洞察19—20世纪之交俄国两大文学流派的发展脉络。李建刚的研究为今后我们研究安德列耶夫的生平及创作提供了丰富的资料。不仅如此，他

---

① 伏飞雄. 文学史上的流浪者——关于安德列耶夫其人其作定位的思考 [J]. 俄罗斯文艺，2004，(1)．第43-47页．

② 郭秀媛. 安德列耶夫及其创作浅论 [J]. 河北大学学报，1993，(3)．第67-70页．

③ 李建刚. 高尔基与安德列耶夫的交往与恩怨 [J]. 译林，2006．(4)．第207-212页．

④ 李建刚. 高尔基与安德列耶夫的通信交往 [J]. 中外文化与文论，2005，(1)．第174-184页．

的文章《论列·安德列耶夫的跨界创作》①（2008年）对作家创作归属问题做了分析，指出介于现实主义与现代主义之间的"跨界说"似乎给这个问题盖棺定论了，但这一笼统的提法并不能概括作家的创作手法与特点。该文试图从安德列耶夫的创作发展历程出发，对其另类的创作特点与手法进行客观的梳理和分析，进而为解决这个多年来一直困扰学术界的难题提供一些有益的借鉴。

贾锟在《安德列耶夫创作中的线性时间》②（2007年）文章中指出，在安德列耶夫的作品中，线性时间机制是一个重要的手法，分别在自然时间和心理时间中出现。另外，线性时间还会有一些变形，常常呈现出时间断裂的情况。

张清华在《灵魂的发现和肉体的毁灭之旅———简评安德列耶夫的〈贼〉》③文中强盗了安德列耶夫写出了贼身上神奇而真实的、残酷而充满精神震撼的斗争，并且完成了一个精神的悲剧，一个富有启示的寓言。

尹季显在其硕士论文《改编视野中安德列耶夫对师陀的影响》④中指出，安德列耶夫和师陀分别是俄国和中国现代文学中比较重要的文学家，各自由于其独特风格的作品受到学者的关注。然而，最近的研究成果在研究对象和研究方式存在着种种不足，特别是在安德列耶夫对师陀产生的重要影响方面。另外，两位作家本身的研究现状也存在着视阈不够宽广、理解不够全面的问题。该论文选择师陀改编安德列耶夫的《吃耳光的人》为《大马戏团》这一个案，采用影响研究方法，意在分析跨越国界的改编活动产生的艺术价值。

综上所述，在我国对安德列耶夫的研究，一般的、综述性的研究已有不少，但专著较少。对安德列耶夫的研究多集中于他的表现手法、思想性上。由于目前还有很多著作尚未翻译，给研究安德列耶夫的工作也带来了障碍。而且，安德列耶夫是一位极其复杂的作家，无论他的个人思想还是宗教观，都显得模糊不定。但通过阅读他的作品，我们会发现安德列耶夫一直对"死亡"很感兴趣，有大量作品充盈着死亡气息。黑格尔在《历史哲学》一书中，认

---

① 李建刚. 论列·安德列耶夫的跨界创作［J］. 济南大学学报，2008，(5). 第48-50页.
② 贾锟. 安德列耶夫创作中的线性时间［J］. 外国文学评论，2007，(4). 第39-45页.
③ 张清华. 灵魂的发现和肉体的毁灭之旅———简评安德列耶夫的《贼》［J］. 北京文学，2009，(5). 第139-140页.
④ 尹季显. 改编视野中安德列耶夫对师陀的影响［D］. 河南大学，2008.

为那些"为死人而作的"的埃及艺术,"特别吸引着我们的注意"。不仅研究者的敏锐视线停留在安德列耶夫的死亡问题上,其实安德列耶夫本人早就认为自己与死有着紧密联系。安德列耶夫在其日记和书信中多次对自己的创作心理和独特的艺术经验进行解析。他对1910—1920年期间创作比较低落的原因做了解释:应当充当破坏者角色,充当"叶列阿扎尔"——这是我的自画像。《叶列阿扎尔》是作者一部探究死亡之谜的作品。高尔基说:"在我看来,这是全世界描写死亡的文学作品中最好的一部。"①

第三节 安德列耶夫的死亡审美的研究状况

安德列耶夫的创作,尽管在题材和内容上有所不同,但往往都有一个潜在的生与死的主题,作家"探索生与死的奥秘,探索的结果是,人终将无法抗拒灾难、死亡和黑暗"②。

载于1931年8月1日《新时代》月刊的塞里兹尔(Thomas Seltzer)的文章认为,作家的作品总是与死亡相关,"他的各种的题材与方法,有一种音调几乎是在他的全部的作品之中沉浸着的。这一种音调是鸣奏得那么的高,几乎是要把一切其他的声音全都要湮没。如同一种华格莱式的题目一样,它反复着,反复着,直到它紧紧地攫住了你而不使你走开为止。这种题材便是死"③。而且作家将"他的两篇最好的小说,《拉查鲁斯》(Lazarus)与《七个被绞杀者》(The Seven that were Hanged)完全地奉献于这个死的题目。《拉查鲁斯》是以安德列耶夫通常的印象派的风格写成的,而且还充满象征派的意味。厌世主义的死在安德列耶夫的作品之中以各种的形式反复着"④。该作者认为安德列耶夫表面在写死,实际在写生。安德列耶夫所有作品都是从头至尾解释着

---

① 文学遗产[M]. 第72卷,第280页.
② 孙洁. 外国文学知识精华[M]. 长安出版社,2003. 第274页.
③ 张大明. 中国象征主义百年史[M]. 河南大学出版社,2007. 第202页.
④ 同①.

"否定着生的那理性与肯定着生的那感性的两者间之冲突"。①

高尔基是安德列耶夫最可信赖的朋友,是其文学上的导师,虽然他们的友谊几近中断。他认为安德列耶夫是"欧美两大洲最有趣和最有才气的作家"②。高尔基与卢纳察尔斯基很早就指出了安德列耶夫作品常常出现的死亡主题。

高尔基评价安德列耶夫是有才华的作家,但是不爱读书,对于安德列耶夫来说这是缺点,但也恰好造就了这位思想独特、别出心裁的作家,因为他的思想很少受到外界的干扰。高尔基认为安德列耶夫透过死亡来感受人的存在,他回忆安德列耶夫曾说过:"人是一种精神乞丐;由于本能与理智的不可调和的矛盾交织在一起,人永远没有可能达到某种内在的和谐。人的全部事业,都是'尘世的空虚',过眼云烟和自我欺骗。而主要的是,人是死亡的奴隶,终生戴着死亡的镣铐行走。"③ 关于安德列耶夫作品中的死亡主题,高尔基是这样评论的:"他的幻想的力量是伟大的,但是——尽管他不间断地、紧张地集中注意力于侮辱性的死亡的秘密,他却不能在死亡那一方面想象出任何东西,任何辉煌壮丽或令人快慰的东西——就杜撰出一种对自己的安慰而言,他毕竟是个过分的现实主义者,虽然他希望安慰。他的这种在空虚中的漫步使我们日益分离。我很早就已经体验过他的情绪,可是由于人所固有的天生的自尊心,我想到死亡便有一种本能的厌恶和凌辱感。"④ 高尔基相对于安德列耶夫的性格要乐观得多,他作品中的人物如果死了,那也是为走向胜利,死亡对高尔基来说是不存在的。更准确地说,死亡对于高尔基来说是人本真的存在方式。但这一"误会"也是自然和上帝的错误,如同人类的一切必须纠正的不完善一样。现在纠正不了,那就以后。巴辛斯基认为,当人升华为上帝的时候,再纠正。⑤ 高尔基不是把死亡问题抛开,而是留给未来。安德列耶夫认为高尔基在这一问题上做得不够勇敢,"老兄,这就是胆怯:不把这本书读完就把它合上了!这本书里可写着你的罪状呢,书中你被人否定了——懂吗?你被彻头彻尾

---

① 张大明. 中国象征主义百年史 [M]. 河南大学出版社, 2007. 第 202 页.
② 文学遗产, 第 72 卷, 莫斯科, 1965. 第 278 页.
③ 高尔基. 汪介之. 高尔基读本 [M]. 人民文学出版社, 2011. 第 400 页.
④ 周启超. 俄罗斯"白银时代"精品文库·名人剪影 [C]. 中国文联出版社, 1998. 第 90 页.
⑤ [俄] 巴辛斯基. 另一个高尔基 [M]. 余一中/王加兴译. 译林出版社, 2012. 第 351 页.

地否定了,你的人道主义、社会主义、美学、爱情,这一切按书上说都是胡扯,你知道吗? 这是可笑而又可怜的: 你被判处死刑了,因为什么呢? 可你却装出不知道这事,不因此事感到耻辱的样子,自欺欺人地欣赏着花朵,愚蠢的花朵啊……"① 安德列耶夫主张存在包括死亡,而高尔基则认为活好当下,重要的是人们活着时将自己的行为完善。

卢纳察尔斯基这样理解安德列耶夫的死亡,安德列耶夫的第一批短篇小说已经使他获得殊荣。在最早的几篇作品中他还是典型的"知识者"、现实主义作家、古典作家风格的继承者,但是在现实形象的背后已经露出了某种恐怖的死亡丑脸,例如短篇小说《大头盔》和其他类似的作品。《深渊》《在雾中》是一系列令人震惊的短篇小说。作者在创作时好像处于恐惧状态,最初是面对无法克服的性的问题,然后又是死亡问题,以及被隔绝的个体存在对命运和一系列没有出路的问题的依赖性问题。② 卢纳察尔斯基虽然肯定了安德列耶夫的一部分作品,但是大部分还是持否定态度,认为"'安德列耶夫气质'甚至有些粗俗"。③

1. 安德列耶夫的死亡主题的评论

克冰在《沙俄末年文坛的一颗奇星——安德列耶夫创作浅探》一文中对安德列耶夫的整个创作进程进行了梳理并指出,短篇小说《曾经有过》表现了作者对生与死的哲学思考。安德列耶夫的很多作品写到死亡,认为死亡是人生解脱的根本方式。安德列耶夫的这些对人生的思考,是世纪交替之时没落的沙皇专制社会混乱时、充满灾难和痛苦的社会生活在作家心灵深处引发的精神反射。他不得不将解决一切矛盾、解脱一切不幸的最根本、最彻底的出路归结为死亡。然而安德列耶夫并不歌颂死亡,相反,他从人道主义道德观出发,热爱人的生命,反对惨杀人类,这在他的重要作品之一《红笑》中表现得最为明显。④

---

① [俄] 巴辛斯基. 另一个高尔基 [M]. 余一中/王加兴译. 译林出版社, 2012. 第352页.
② 周启超. 白银时代名人剪影 [C]. 中国文联出版公司, 1998, 第75页.
③ 同②, 第82页.
④ 克冰. 沙俄末年文坛的一颗奇星——安德列耶夫创作浅探 [J]. 阴山学报, 1990, (3). 第54-60页.

伏飞雄的《文学史上的流浪者——关于安德列耶夫其人其作定位的思考》一文强调，安德列耶夫生活在一个混乱的年代，这使他成了生理上和精神上的流浪者。他的死也显得凄苍、阴寒，一点没有跨鹤西去的飘逸。①

李筱洁在《解读安德列耶夫的〈沉默〉》（2005年）一文中详细地分析了安德列耶夫的短篇小说《沉默》，通过解读女儿薇拉、妻子奥尔加的不同方式、不同内涵的"沉默"，以及神甫伊格纳季为了打破"沉默"所作出的努力和他的最终失败，探讨了小说中"沉默"的多义性和世纪之交人们找不到出路的苦闷心情。②

贾锟的博士论文《安德列耶夫创作中的"末日论"研究》（2008年），从末日论的角度研究安德列耶夫的创作，详尽深入地考察了安德列耶夫创作中所呈现出来的末日拯救思想和倾向。这篇论文主要从宗教角度来研究安德列耶夫的创作，内容充实，思想深刻。作者对《圣经》和宗教研究得非常透彻，而且查阅了大量资料。③

《安德列耶夫早期小说情节构成模式》一文（Сюжетообразующие парадигмы в ранних рассказах Л. Н. Андреева）的作者从存在主义角度指出，安德列耶夫生活并创作在世纪之交，在这期间形成了新的人类个性，时代悲剧性的矛盾性，人们在世界观的创建中期待着可怕的灾难性的改变，作家为人类的命运恐慌着。世纪末悲剧性的感受、存在与非存在的界限之间、生存还是毁灭，迫使作家痛苦地寻找反映现代生活的新形式，同时利用旧有的形式填充新的内容。这是世纪之交的文学特点之一。令人感到孤独的时代改变了很多人对世界的理解，迫使他们按另一种方式对待周围发生的一切和自己的生活。安德列耶夫的主人公具有外省的特质，是一个地域性群体，这一特点几乎如镜子般反映着这些人的内心世界。作家研究并描绘着他的同时代社会——无个性的和无思想的人，每一个人都很孤独，他们失去了同情和理解。主人公对生活与现实的理解各有不同。人们悲剧性地与世隔绝，在家庭中处于与世隔绝状态，感

---

① 伏飞雄.文学史上的流浪者——关于安德列耶夫其人其作定位的思考［J］.2004，（1）.第43-47页.
② 李筱.解读安德列耶夫的《沉默》［J］.中州大学学报.2005，（1）.第54-55页.
③ 贾锟.安德列耶夫创作中的"末日论"研究［D］.南京大学，2008.

受着恐惧，在19世界末20世纪初的很多作家的一系列作品中都体现了这些情感。首先的原因是父辈子辈之间的冲突是不可解决的。安德列耶夫早期的小说就是这个见证，他们中的三部——《向黑暗的远方》（1900）、《沉默》（1900）、《思想》（1902）是该论文的研究对象。①

语言学副博士克拉西利尼科夫（Красильников Роман Леонидович）在其学位论文《安德列耶夫作品中的死亡主题》②（Танатологические мотивы в прозе Л. Н. Андреева）系统地分析了安德列耶夫作品中的死亡现象。他从死亡方式即自然死亡、凶杀和自杀三个方面分析作品。该论文的目的是描述理解安德列耶夫的作品中的死亡现象，作者从以下十个方面加以论述：

（1）该文作者探讨了死亡学的研究历史。
（2）在20世纪文艺学中分析死亡学修辞。
（3）分析历史发展和当代安德列耶夫学的现状。
（4）死亡主题在安德列耶夫学中的研究程度。
（5）安德列耶夫作品中死亡主题的分类。
（6）作者确定是什么引起作家对死亡主题的兴趣。
（7）20世纪90年代的日记体现了作家对死亡的关注。
（8）作者阐释了"自然死亡"，自杀和杀人的语义。
（9）死亡学主题具有的功能。

该论文作者采取了历史文献法来研究安德列耶夫的死亡审美。作者将作家描写死亡的文本作比较，并提出作家作品中死亡主题的分类情况，如自然死亡主题、凶杀主题，还有牺牲和军事主题。

作者还指出死亡在安德列耶夫作品中的功能，即死亡参与了艺术文本的结构，强调尽管按照发展逻辑来看，自然死亡、杀人和自杀在安德列耶夫的艺术世界中展现为死亡事实，然而各种死亡有着相似性。他们甚至伴随着相似的动机。因此，安德列耶夫死亡学具有如下特点：

---

① Радь Э. А. Сюжетообразующие парадигмы в ранних рассказах Л. Н. Андреева. [J]. Вопросы филологии., 2012, (1). С. 64-71.

② Бабичева Ю. В.. Танатологические мотивы в прозе Л. Н. Андреева [D]. 2003.

（1）安德列耶夫追随着叔本华，以彻底的感觉论者的态度对待生活。当你能够感觉到生命存在时，生命就存在。这种感觉完全取决于外在的刺激物。人的存在是以外部世界为条件的，没有世界也就没有个人，没有个人也就没有世界。我们在做着这样的运动，按照安德列耶夫的话来说，"如同狗在咬着自己的尾巴"。作家回到了自己最初的死亡观念：死亡是空虚，是深渊，在那里什么也没有。安德列耶夫本人称这种观点为"怀疑论"，他认为伟大的不可知性环绕着世界，他怀疑上帝的存在，甚至怀疑世界本身，这种怀疑导致了他否定彼岸世界生活。

安德列耶夫总在思考是谁创造了这个世界，并认为有一种不可知的力量存在，可以将其称之为"Бог"，人从生下来就处在世界的镣铐下，正是这种最高的力量控制着一切。安德列耶夫的人物们并没有接近存在的秘密而成为不朽，也没有理解生活的意义和自己。死亡作为偶然性窥视着人们，而人却没有办法战胜死亡，甚至信仰也丧失了自己的意义。安德列耶夫的人物要离开不公正只能以死来迎接死亡。自愿死亡打破了那个笼子（клетка），因而死亡被理解为一种自由，反对社会的绝对的恶。安德列耶夫的人物从来不去对抗社会问题。

（2）探寻生的意义对于安德列耶夫的人物来说是关键的问题。这种探寻与最重要的行动相联系，使人区别于其他的动物。认识客观事物的一个最可怕的秘密是"死亡"，安德列耶夫的死亡伴随着认识论要素。安德列耶夫描写的死亡不仅是一个点，也是认识的持续过程。我们常常在作家作品中看到的是，某物正在死亡中，但处于小说中心的是他死亡之后的状态，即在死亡与彼岸的生之间的这段过程。作家观察着死者的内心世界，从外面描写着死亡。克拉西利尼科夫得出一个结论：死亡学告诉我们生永远朝向"无"，于是我们将不会相信任何时间的合理性。人活着时常常幻想着他的成就，但死亡如同墙一样，阻碍着人通向幸福。死亡作为认识的方法提供了认识自己以及别人的生命的意义。死亡摘下了社会面具，撤掉了观察死亡的人们脸上的假面具。安德列耶夫的作品中的官员、商人、部长和革命者，所有这些人在极端状态下都丧失了自己先前的状态。存在主义要素在安德列耶夫的作品中成为死亡的不变的同行者。自然死亡、自杀和杀人，这些死亡事件削弱了日常生活的意义，使人关注普遍的人类宇宙问题。

(3) 安德列耶夫不断地充实着彼岸世界的意义。在死亡中一切都将被揭示，甚至是"我本人"。在这个世界上，在浪漫主义者心目中，死亡甚至是被美化的，死亡将人从痛苦中解脱出来。安德列耶夫不仅因为生活疲惫，也因为在死亡的秘密面前而困惑。在1908年作家从第一任妻子的死亡的悲痛中解脱出来，他的人物最终找到了克服死亡的方法。为了人类的未来幸福，相信个人牺牲的必然性取代了宗教的信仰。死亡本身在给主人公鼓掌。20世纪10年代，安德列耶夫克服死亡，他找到了第三种存在状态，即在生与死之间使冲突变得和谐。人并没有力量选择自己的道路，但是却有能力预见他的死亡结果。安德列耶夫的创作发生着改变：从恐惧走向爱，从空虚变成和谐。

2. 安德列耶夫的死亡主题的表现手法

周启超在《〈七个绞刑犯的故事〉艺术特色管见》[①]中，就革命者刑事犯等人物对死的态度进行了独特的心理探索。人物荒诞的心理折射荒诞的现实，通过革命者健康的身体与美丽的心灵描写，表现了安德列耶夫所追求的灵与肉的和谐，并通过将现实生活再现与表现人物心理的手法虚实结合，丰富了他的艺术手法。《七个绞刑犯的故事》正是在这样的探索中、这样的"综合"中产生的，以其独特的心理探索主题，阶梯式人物形象体系，强烈的双重对比结构，以及综合的艺术表现手法诸种新的艺术特色而称著于世。

而潘海燕在《面对死亡的沉思——浅论安德列耶夫在〈红笑〉中的艺术创造》[②]一文中，以《红笑》为例，向读者展示了安德列耶夫的"死亡"：战胜死亡的唯有死亡。同时作者强调，《红笑》这部作品具有存在主义文学的某些特点。与存在主义文学作品类似，安德列耶夫在《红笑》中着重揭示人物极端反常的心理，并从人的心灵的角度来折射现实世界。作品中的世界是混乱荒谬的，作品中的人物也时刻处于烦闷、恐惧和死亡的包围之中，"像隐落在蜘蛛网上的苍蝇，唯一的出路就是走向死亡"。这篇文章为我们研究安德列耶夫的死亡主题提供了新的视角，更进一步了解了死亡在《红笑》中的意义。遗憾的是由于论文篇幅受限，作

---

① 周启超.《七个绞刑犯的故事》艺术特色管见[J]. 外国文学研究, 1986, (3). 第129-132页.
② 潘海燕. 面对死亡的沉思——浅论安德列耶夫在《红笑》中的艺术创造[J]. 国外文学, 1999, (3). 第104-108页.

者并没有更深层地展开论述《红笑》中死亡与存在的关系。

郑永旺的《穿越阴阳界——从〈叶列阿扎尔〉和〈人的一生〉来分析列·安德列耶夫的死亡世界》①一文,作者的视域扩大了,将两部关于死亡的作品并行研究,并提出了新观点:《叶列阿扎尔》和《人的一生》构成了安德列耶夫完整的死亡世界。《叶列阿扎尔》是描写死亡世界的内部结构,《人的一生》则是这个世界的外部装潢,也是对死亡的多维诠释。郑永旺的另一篇文章《圣徒与叛徒的二律背反——论安德列耶夫小说〈加略人犹大〉中的神学叙事》②论述了安德列耶夫为犹大平反昭雪,将圣经中的叛徒犹大写成了圣徒犹大。作者做了颠覆性的处理,他想借对犹大背叛意义的审视来彰显耶稣的崇高,进而确定犹大在整个基督教世界中看似卑微实则伟大的地位,因为没有犹大的背叛就没有耶稣的受难,继而不会有耶稣的复活,而如果没有耶稣的复活,人们便不会信奉基督教。也就是说,犹大的行动是信仰得以成立的前提。该论文的主要观点是,该作品意在推翻福音书中已有的关于犹大的定论,让犹大以圣者的形象和基督并列在基督教的荣耀榜上。

张美的《死亡与虚无图景中的悲怆呐喊——《人的一生》的表现主义解读》③以《人的一生》为分析对象,对其表现主义进行解读。该文章解读了小说中叙述性因素具体体现在片段式场景以及叙述人的设置上,它们是戏剧心灵转向的形式基础。同时,戏剧运用隐喻、对比、变形、荒诞等艺术手法使现实抽象化,以便最大限度地突显其主观性,而这种情感效果的创造是为了揭示人类存在的悲剧本质。所有这些都与表现主义的艺术追求相吻合。因此,从表现主义视域解读《人的一生》将有助于理解安德列耶夫的悲观主义思想。人的宿命的悲剧性就在于这两种力量:命运的力量与人的精神的力量是不相对等的,命运对人具有绝对的主宰权。所以,尽管剧中人一直保持着有尊严的姿

---

① 郑永旺. 穿越阴阳界——从《叶列阿扎尔》和《人的一生》来分析列·安德列耶夫的死亡世界[J]. 俄罗斯文艺, 2000, (4). 第37-39页.

② 郑永旺. 圣徒与叛徒的二律背反——论安德列耶夫小说《加略人犹大》中的神学叙事[J]. 外语与外语教学, 2014, (2). 第86-90页.

③ 张美. 死亡与虚无图景中的悲怆呐喊——《人的一生》的表现主义解读[J]. 俄罗斯文艺, 2014, (4). 第50-54页.

态，然而无论是他友善的倾诉，还是愤怒的诅咒，灰衣人始终冷漠不语，人无法向命运表达自己的意志。这样，人生的一切，或者释放"人"的抽象概括涵义，人类的社会、生活、文化等都不过是虚妄，死亡、毁灭成为唯一的真实。因此，安德列耶夫的悲观主义本质上是一种彻底的虚无主义。但毕竟他的心灵还在痛苦，他的主人公也在悲怆地呐喊，这就将他与颓废派区分开来。

王进波的硕士论文《俄国作家文本中死亡意识及安德列耶夫对死亡意识的深化》① 论述了死亡与文学的关系，俄罗斯文学与死亡主题的继承，分析作品中死亡结构的内部与外部特征。论文中提及了宗教与哲学，但并未从这方面系统论述，而且没有专门章节论述描写死亡所采用的诗学手法。

我们看到，这些研究几乎都是就安德列耶夫的一两部小说进行研究，或立足某一视角，并未从多个视角、多部作品来解析安德列耶夫作品中的"死亡意识"。而且，安德列耶夫以表现主义的艺术手法来诠释死亡，与传统现实主义相比，表现主义倾向的小说创作在内容和形式方面发生了巨大的变化，在形式方面突破了传统小说对外在真实的要求，以各种不真实和反真实的手法将现实世界变形，通过凸显其中最本质的特征而表现出更为真实的现实，把作者内心激荡的感情生动地传达给读者，让我们对死亡的领会更加深刻。死亡主题与这一特殊的写作手法相结合，产生了艺术共振，达到了作家预期效果。所以，笔者在研究这一主题时，同时不得不眷顾这种突出个体存在的表现主义手法。"死亡"这个属我的、神秘的字眼，总是使人充满好奇心地想去窥视它，渴望掀开那层层黑纱，直观地看清其中的奥秘，笔者会尽其所能接近其所是。

第四节 本书研究的价值

一、研究的目的

本书拟通过对安德列耶夫作品的研究，来阐释作家对死亡世界、死亡审

---

① 王进波. 俄国作家文本中死亡意识及安德列耶夫对死亡意识的深化 [D]. 辽宁师范大学，2003.

美、死亡事件的独特理解，从而确立安德列耶夫的死亡美学观。

研究过程中，本书将以现象学、存在主义和表现主义等理论作为方法论，深度探究安德列耶夫描写死亡的艺术范式，进而挖掘死亡的诗学特征。

二、研究的意义

从我国对安德列耶夫的研究来看，目前为止国内相关研究成果已经很多，但是关于作家死亡美学方面的论述尚有非常大的研究空间。

本书将从文学、哲学、思想史的角度来观照安德列耶夫作品中的死亡世界，从总体上把握安德列耶夫的创作与俄罗斯文学传统显在的和隐在的关系。

本书将有利于弥补俄罗斯死亡文学在我国研究之不足。从整体上把握俄罗斯死亡文学的流变及深刻内涵，重新关注传统经典文学，研究成果将弥补在特定时代主导性文化模式失范和断裂的文化危机，使人类回归到赖以生存的诗意大地和精神拯救的维度。该研究将是我国俄苏文学研究上的一个突破性成果，具有重要的学术价值。此外，该研究成果对我国的俄罗斯文学教学和教材编写具有参考价值。

死亡可以强化我们对生命的认识。通过死亡人类重新认识自我，对自己的存在重新评估。存在与死亡是密不可分的，研究死亡是为了更好的存在，尤其是今天的世界，急速发展的经济，使得人们过度关注经济增长而忽视对人的内心的关爱，因而产生了一部分人的心理扭曲，他们铤而走险，贪污犯罪，甚至追求暴利发动战争，这些现象说明人身上神性的缺失，他们对死亡的属我性并未深刻的理解。因而，该书还对提高人民素质，矫正人的急功近利思想，弘扬友爱精神，使人的思想健康发展，重新找到真实的自己，创建和谐美好的地球家园具有重要的启发意义。

第一章 安德列耶夫死亡审美意识

"死亡意识最初属于心理学范畴,是指人作为生命主体对死亡客体的认知和体验,是每一个生命个体都存在的普遍意识。死亡意识具有个性特征,即没有两个人的死亡意识完全相同,因为其具有高度的主体性,而不同个体基于自己的主体情况产生的死亡意识并不相同。"① 安德列耶夫作品中死亡审美意识的产生有诸多原因,不但有外因也有内因。世纪末情绪的影响,他个人的亲身经历,诸种因素共同作用形成了作家与众不同的心理特征和艺术风格。20世纪的前10年,被勃洛克称为"孤单而令人兴奋的时期"。这一时期总是与所有的不顺利、灾难、日益迫近的混乱相联系,因而20世纪初的很多作家对死亡感兴趣,如陀思妥耶夫斯基、托尔斯泰和布宁等作家。同时代人都认为安德列耶夫是最具时代启示录情绪的承载者,是时代变化最为敏感的晴雨表。按照A.别雷的话,安德列耶夫是无私的、堂·吉诃德式的人物,常常触及宇宙无法言表的秩序。

第一节 作家对个性生命的体验

一、世纪之交的末世情绪:人是死亡的奴隶

安德列耶夫反叛而又阴冷的性格的形成与他所生活的时代有密切关系。他于1871年出生在奥廖尔市一个市民家庭,1891年考入彼得堡大学法律系,第

---

① 朱立华. 拉斐尔前派诗歌的唯美主义诗学特征研究 [M]. 南开大学出版社,2013. 第67页.

二年转莫斯科大学法律系就读。大学毕业后从事律师职业，后弃法从文。十月革命后安德列耶夫侨居国外，1919年病逝于芬兰。

两个世纪交替之际，相对于19世纪而言，人的世界观和社会意识发生了转变。一个陈旧的时代已经结束，人们期待着俄国社会经济与文化的前景。新的时代将是一个边缘上的时代，因为旧的生活形式、劳动形式、社会政治的组织形式正在成为过去，而且一去不返，人类精神价值体系本身受到彻底的重新评估。

19世纪与20世纪之交，俄国产生了深刻的资本主义危机，社会革命日臻成熟。俄国的农奴制比西欧国家存在更长的时间。亚历山大二世的统治具有君主专制特点。沙皇亚历山大三世（1881—1894）进行了一系列改革，以保障地主阶级的利益，同时资产阶级对农民加强了控制与剥削。安德列耶夫就是在这一时期形成了自己的世界观。这一时期，在俄国国内经常发生刺杀事件。"革命意志党人计划在1887年3月1日这一天，行刺亚历山大三世。但是警察机关及时察觉了革命意志党人的活动，在他们计划开始实施前，就逮捕了所有的刺杀行动参与者。经法庭判决，所有参与者被判绞刑。亚历山大三世宣布，将对忏悔者实行大赦，赦免他们的罪行。但是还是有五名人民意志党人拒绝忏悔，主动走上绞刑架。其中就包括一个名叫亚历山大·乌里扬诺夫的年轻人，即弗拉基米尔·乌里扬诺夫（列宁）的哥哥。"① 这个历史事件同小说《七个被绞死者的故事》的情节非常相似，作家在小说中讲述了五个恐怖主义者暗杀部长未遂，而后被捕无一幸免全被绞死的故事。

亚历山大三去世后沙皇尼古拉二世（1894—1917）当政，他的昏庸统治使得俄国社会状况依旧没有得到好转。此时社会掀起反叛的思想，不光是关于反叛之人的思想，而且还有关于时代需要变革的思想，在高尔基及其后继者们的作品中还体现了革命思想。

由于沙皇尼古拉二世的贪欲，1904—1905年，俄国同日本进行了日俄战争。俄国在这场战争中惨遭失败，使其濒临灭顶之灾。战争失败加深了安德列耶夫的悲观情绪，他写下了著名的小说《红笑》来祭奠这次战争。"1905年革

---

① 亚历山大三世·亚历山德罗维奇［Z］. http：//baike.sogou.com/v70346127.htm.

命的失败加深了安德列耶夫的悲观绝望情绪,他认为革命的失败表明,人关于客观世界规律的认识是幻觉,人想改变生活的努力是徒劳的。安德列耶夫的创作越来越倾向于把尖锐的社会矛盾归结为心理、道德、哲理问题。他的作品越来越转向探索生死的意义、歌颂死亡。"①

在19世纪末20世纪初,俄国如此之动荡的社会和不断爆发的革命与战争成了文学发展的主要背景。这样的社会历史背景对安德列耶夫的世界观和文学观念的形成产生巨大影响。代小说《瓦西利·菲韦斯基的一生》中,"瓦西利神甫一家就是苦难深重的俄罗斯民族的一个象征,表明俄罗斯民族正处在生死存亡的危急关口。小说中那匹被牵去剥皮场的伤马更是忍受苦难的俄国人民的一个隐喻"②。作家笔下的主人公在这样的时代往往找不到生存出路,安德列耶夫创作中所表现的时代精神就是"末世的思绪,就是对旧世界的绝望和对新世界的追寻。这种绝望和追寻的心境属于当时的各种社会力量,不仅有知识分子、神职人员、军人、农民、工人和小市民,甚至也包括以官僚为代表的统治阶级。安德列耶夫浓墨重彩表现的就是黎明前最黑暗的时刻,就是无路可走的绝境,就是绝境中无望的挣扎"③。人们生活在被墙壁所包围或被黑暗所笼罩的空间中,死亡无处不在,这个变革的时代所造成的混乱让安德列耶夫透不过气,作家痛苦地将目光转向死亡。

李斯乃在《安特列夫与其人生观》中指出:"当个人觉醒了的时候,做了社会生活的基础的时候,那向来存在于他与自然中间的接触点——消灭了。他不但孤独着,并且在他的周围变成了沙漠,广大的社会深沉的裂口,一切伟大的原理,所谓生活的法则,没法和这赤裸裸的个人接触了。"④ 人与世界一定要有相互联系,不能孤立存在,安德列耶夫的很多主人公的死亡都同孤独相联系,他们如同陀思妥耶夫斯基的地下室人被孤立,他们否定着生活的同时,也否定了自我。如果人不能使自己与周围世界建立关系,其结果就是最大的悲剧,其结果常常是个人以自杀方式离开世界。

---

① 张羽等.世界短篇小说精品(俄国卷)[M].中国青年出版社,1984.第686页.
② 郑体武.新中国成立以来的外国文学教学与研究[M].上海外语教育出版社,2011.第234页.
③ 同②,第232页.
④ 程中原.张闻天译文集(上)[M].译林出版社,1999.第223页.

安德列耶夫对 1917 年的二月革命抱有信心，认为革命应该有暴力和冲突，但后来还是对其绝望，继而去了芬兰。

在这一时期俄国出现了一批优秀的俄罗斯哲学思想界的积极探索者，如 B. 索洛维约夫、Л. 舍斯托夫、Н. 别尔嘉耶夫、С. 布尔加科夫、В. 罗扎诺夫以及其他一些大哲学家们，他们将人从无所不包的命定论的假象中解救出来，帮助他去理解实践经验与精神经验的多样性。世纪之交的审美多元化，还表现在艺术流派与思潮状况发生了彻底的改变。现实主义与现代主义这两股最强大的文学思潮并行发展，但安德列耶夫徘徊在两个流派之间。

二、个人生活经历：处在死亡的阴霾中

安德列耶夫自幼性格孤僻，在中学时期虽然学习成绩不佳，但是他的文学、历史和哲学才华出众。他在中学高年级及大学生时代，"一度为当时师生中流行的托尔斯泰主义及叔本华、尼采等的主观唯心主义哲学所吸引，并几度尝试搞文学创作。在此期间，他的思想比较悲观，无止境地酗酒，还经常使自己在物质生活上陷入困境，几篇习作又均遭退稿，于是感到前途暗淡，心情苦闷，曾三次想以自杀结束自己年轻的生命。"[①] 1894 年，他因为一段不成功的恋情而首次试图自杀，虽然自杀未遂，但心脏却受到损伤，为其最终死亡埋下炸弹。

安德列耶夫六年级时，全家重担都落在他身上。在这个时期他开始阅读叔本华的著作，叔本华的悲观思想影响了他的世界观。安德列耶夫秉承父亲的酗酒习惯。他的情绪总是变幻多端，心理不稳定，时而不同寻常地快乐，开玩笑，想出各种故事，使所有人开心；时而突然变得十分忧郁，并谈论起关于死亡的话题。人们称他为俄罗斯知识分子中的"斯芬克斯"。在他 17 岁的日记中，记载着希望用所有的破坏来结束自己的生命。即使是他的爱情也会常常和死亡联系在一起。安德列耶夫是一个感情细腻的人，他的爱情和痛苦不可分割。"对于一些人话语是必要的，另一些人劳动和斗争是必需的，而对于我爱

---

① 张英伦，吕同六，钱善行. 外国名作家大典（上册）[M]. 金城出版社，2002. 第 50 页.

情则是必须的。爱情如同空气，如同食物，如同梦，爱情构成了我存在的全部"。①

不管在中学还是在大学学习期间，安德列耶夫都不止一次思考自杀。我们无法精确地说出他有过多少次试图结束自己生命的经历。他父亲去世后，家庭重负都落到他身上，加之无果的爱情，他的精神压力过重，因而经常产生压抑情绪。

很多传记作家证实，安德列耶夫的大学时代是沉重的。这一时期他的外部（日常生活）问题和内部（心理）问题的矛盾无法到解决，他在日记中写道：我早就感到饮酒一天比一天严重，并感到自己要么疯狂，要么自杀。②

大学毕业后，安德列耶夫在报社工作，虽然生活状况有所改善，但是其内心世界仍旧惶恐不安。1898年8月11日他在日记中写道："又是没有意义的痛苦，没有目的的抱怨。可怕的日子，恐怖的夜，世界远离开我，你一个人头痛。多可怕，当早晨就要绞刑。痛苦的生活：生存、苦恼、哭泣，如同在地狱中遭受折磨，活着，活着。死了多好！在安静与静止中。不再折磨心脏，不再打击思维的大脑，脑袋已经断了。多可怕，这些痛苦的思想，不可能用语言描绘。痛苦无尽，犹如大海，我深深地陷入其中，但我知道，我还没有触及底部，还有更可怕的夜等待我。人们捕捉着对生的希望，而我却听从死亡的召唤。"③

在大学时期的青年小组中，安德列耶夫痛苦地怀疑一切。他读了俄国诗人C.纳德松的诗歌《灵魂的死亡》，诗歌表现了人们艰难地工作，生活没有希望。安德列耶夫给自己选择了法律系，研究法学、刑事学、法医学和社会个人犯罪心理。这些课程帮助他认识罪与罚，他的作品有的和死刑相关，如《七个被绞死者的故事》，有的因罪而受罚，如《省长》，有的和法医学相关，如《思想》。

---

① Андреев Л. Н. Из дневника. Русский сборник. - СПб., изд-во《Нева》, 2001. с. 151-152
② Леонид Андреев: Дневник 1891 - 1892 гг. / Ред. Генералова Н. П. // Ежегодник Рукописного отдела Пушкинского дома на 1991 год. СПб.: Академический проект, 1994. С. 124.
③ Уайт Ф. Х. Заметки. Реплики. Отклики. "Тайная жизнь" Леонида Андреева: История болезни [J]. Литературный вопрос, 2005, (1). с. 327.

这是安德列耶夫于 1902 年赠给未婚妻的小说中的题记片段："我的生命是荒原和小酒馆，我孤独，我真的没有朋友。曾有过一些明朗而空旷的时光，就像别人的节日，也有过漆黑恐怖的夜，每天夜里我都在思考生与死，我害怕生，也畏惧死，生与死，我不知道更怕哪一个。世界无比宽广，而我却独自一人——病态的忧伤的心灵、混乱模糊的理智和脆弱的意志。"[①] 遵照安德列耶夫妻子亚力山德拉·米哈伊洛夫娜·维里戈尔斯卡娅的请求，律师向她出示了病历证明，上面写道：1902 年 9 月 16 日她的丈夫列昂尼德·安德列耶夫因为抱怨偏头痛而看医生。在 1902 年秋天，他再次痛苦不安，这种情况让他不止一次尝试自杀。有时，他意识到危害，便跑去借助酒精，量不大也会引起病理性醉酒。他常常失眠，他感到孤独、苦恼、不安、失眠困扰着他。在医生的医治下，他逐渐康复，但时好时坏。安德列耶夫被诊断为神经衰弱，而且他的病是治不好的。对于他来说，每一次激动不仅是有害的，而且是危险的。[②] 从这份病历证明中可见，安德列耶夫一直被疾病所困扰。在他第二个儿子出生时，他的妻子不幸去世，他深有感触地完成了《人的一生》。1907 年 12 月，安德列耶夫和高尔基在卡普里岛相遇，1908 年 5 月，由于高尔基不能帮助他解除痛苦而返回俄国。精神疾病对他的影响甚至比叔本华更显著。"疯狂的主题"常见于他的信件、日记和小说中。他担心自己疯了，所以常常害怕。因为他的"妹妹季娜伊达和弟弟弗谢沃洛德都有心理疾病倾向，死于心理诊所"。[③] 他的妹妹 21 岁夭折，而弟弟 33 岁去世。[④] 哲学和贫困影响了他的心理。妻子是他"情感的舵"，她总是很理解并使他得到慰藉，但是她在 1906 年死于产褥热。高尔基回忆起安德列耶夫在妻子死后来到卡普里岛和他见面的情景，"这位聪明而善良的朋友的死极为严重地影响了安德列耶夫的精神状态。他的全部思想

---

① 安德列耶夫. [Z]. http://baike.sogou.com/v8902932.htm.

② Ф. Х. Уайт. Заметки. Реплики. Отклики. "Тайная жизнь" Леонида Андреева: История болезни [J]. Русский вопрос, 2005, (1). с. 323-339.

③ Андреев Павел. Воспоминания о Леониде Андрееве // Литературная мысль: Альманах [C]. Т. 3. Л.: Мысль, 1925. с. 203.

④ Катонина В. Мои воспоминания о Леониде Андрееве // Красный студент [J]. 1923. (7). С. 23.

与言谈都围绕着回忆舒拉太太的无谓的死亡"①。安德列耶夫经常给儿子讲死亡主题的故事，孩子有时会被那个关于"死亡"的故事吓坏了。

安德列耶夫经常酗酒，生活对于他来说犹如"死人"般没有生气。"他喝了三个昼夜，他走来走去，所有的时间都在运动中。累了也不想躺下来，没有一分钟不意识到自己正在死亡。"②他清醒的时候便感到害怕，因为他必须返回到生活与人群中。1905年的医学证明中，格奥尔吉（Георгий）（莫斯科神经疾病诊所助理医生）指出，安德列耶夫这一时期很消极，他常常感到恐慌、偏头痛，甚至几近疯狂。这个绝望和恐慌时期令作家很痛苦，他想自杀，并用酒精寻求解脱，他陷入无节制的狂欢中。作家的疯狂行为总是以醉酒昏迷、恐慌和失眠而结束。利沃夫·罗加切夫斯基曾询问安德列耶夫的心脏病得知，病痛白天黑夜地折磨作家，安德列耶夫每天夜里醒来都会觉得"死亡的脚步近了"③。安德列耶夫出色地表现死亡主题，因为他自己经常切身体验死亡，这种恐惧在他的很多作品中有所体现。

综观安德列耶夫的个人生活经历，我们发现作家对死亡着迷的原因不仅仅是他小时候穷困潦倒的生活的影响，还与他的酗酒和疾病有关。

第二节　西方哲学思想对作家死亡意识的影响

一、叔本华的悲观主义哲学

安德列耶夫作品中所体现的悲观性同叔本华的悲观哲学是分不开的。叔本华书写着可怕的自由。安德列耶夫写作小说《我的札记》前曾给朋友写信说：

---

① [苏联] 高尔基. 汪介之选编. 高尔基读本 [M]. 人民文学出版社, 2011. 第405页.

② Ф. Х. Уайт. Заметки. Реплики. Отклики. " Тайная жизнь" Леонида Андреева: История болезни [J]. Русский вопрос, 2005, (1). с. 334.

③ Ф. Х. Уайт. Заметки. Реплики. Отклики. " Тайная жизнь" Леонида Андреева: История болезни [J]. Русский вопрос, 2005, (1). с. 336.

"《作为意志和表象的世界》给他留下了深刻的印象。"① 众所周知,叔本华是一位很早就对死亡进行思考的哲学家,他关于自杀的论述,"既具有一定的理论独创性,又深刻地影响了西方现代艺术。叔本华哲学体系的逻辑支点为宇宙世界是意志和表象的,自然界仅是现象的,意志才是宇宙的本质和人的本质。人的自由意志在现实世界永远不可能得到满足,因此人生充满痛苦与失望。只有否认生活意志才可以得以脱离,自杀只是肤浅、暂时的解脱,只有宗教的涅槃才能使人最终解脱"②。在很多著作中把安德列耶夫看成悲观主义者,《世界艺术百科全书》中说:"安德列耶夫对人生前途持悲观主义态度。"③ 安德列耶夫的作品"构思奇特,多采用象征手法,流露出悲观绝望的情绪"④。

我们基于安德列耶夫中学时代没有出版的日记,来分析叔本华对他的思想方向与审美倾向的影响。在安德列耶夫的作品《瓦西利·菲韦斯基的一生》《萨瓦》《人的一生》《饥饿王》和《七个被绞死者的故事》中,可以说叔本华的死亡哲学影响了安德列耶夫的创作。叔本华的思想对安德列耶夫世界观的形成起到了一定作用。这个哲学家的名字可以在安德列耶夫文学创作的各个阶段都找到。安德列耶夫这样评价叔本华:"有些人打击叔本华,而我爱他,因此仇恨那些人。"⑤ 足以见得安德列耶夫对叔本华着迷的程度。

1904年8月6日,安德列耶夫在给高尔基的信中说:"你读了《世界作为权力与意志的表象》吗?我现在完全被控制在这本伟大的书中了,这本书智慧,美好而又严谨。"⑥ 在安德列耶夫的眼里,这本书并不像有些人认为的那么神秘,相反,这本书开诚布公地反映了人类思想,而且叔本华也不是悲观主义者。只有那些胆小的市民阶层、愿意受欺骗的人才认为叔本华的哲学思想是

---

① В. А. Мескин. Грани русской прозы Ф. Сологуб, Л. Андреев, И. Бунин [M]. Изд. СахГУ, 2000. 第89页.

② 颜翔林. 死亡美学 [M]. 学林出版社, 1998. 第120页.

③ 徐寒主. 世界艺术百科全书 (第五卷) [M]. 吉林文史出版社, 2006. 第314页.

④ 杨哲等. 文学百科辞典 [Z]. 知识出版社, 1991. 第40页.

⑤ Козьменко М. В.. Артур Шопенгауэр в ранних дневниках и позднейших произведениях Леонида Андреева к проблеме корреляции философской и художественной картин мироздания [J]. Известия РАН. Серия литературы и языка. 2010, (6), стр. 21.

⑥ Там же, стр. 21.

悲观主义的。叔本华否认了幸福、满足和平静的可能性；按照他的理解，"意志就是一切"①。一切生物都希望控制世界，破坏并创造世界。叔本华强调："意志就是生命意志，因为意志所要的就是生命，生命就是意志的显现。个体注定有生灭，因为它是表象，它要符合时空、因果律等；相反，大自然整体是不死的，因为作为整体的大自然是生命意志的客体化，生命意志不死，大自然就不死，人怕死，怕的不是死亡的痛苦，而是个体的毁灭。如果我们专注于总体性的问题，对世界的本质作哲学思考，我们就可以克服对死亡的恐惧。"② 在叔本华看来，因为人是有意识的个体，因而人对死亡会感到恐惧。

叔本华的爱情观也是别具一格的，他认为爱情是高尚的东西，其中隐含了性的本能。严格来讲，爱情是确定的、诚实的，是个人性的渴望。爱情首先体现为健康、力量和美丽，总之是与年轻的身体相关联的一切。受其影响，安德列耶夫的《人的一生》中，人年轻时有着健壮的身体，他的爱情也是美好而又充满活力的。叔本华认为，人一生都要承受苦难，"生命本身就是罪恶，人人都有罪，每个人不仅要为自己的欲求赎罪，也要为人类的整体赎罪。如此一来，人类哪有什么幸福可言。完全是一种无边无际的苦难"。③

霍达谢维奇（Вл. Ходасевич）认为，安德列耶夫的世界观是悲观的，安德列耶夫歪曲地建构宇宙，说着疯狂的黑色梦话。安德列耶夫笔下的生活在愤怒地奔跑着，一切都在摧毁，人做着鬼脸，他的脸是变了形的。这是一幅恐怖的画面，它伤害了我们。

叔本华肯定了自杀对于解脱生存空虚的某些作用，他在《论自杀》一文中，对自杀予以辩解和维护。事实上，"很多古代的英雄或贤哲，也是以自杀来结束他们的生命"。同时，"自杀也是一种实验，是人类对自然要求答案的一种质问""但这种实验未免太过笨拙，因为所质问的意识和等待解答意识，都由于死而消失了"。④ 叔本华强调了自杀之于生命意志的二重性，首先肯定生命意志，自杀者只是不满生命条件，并非放弃生命意志；其次自杀与生命是

---

① 李华．跨越时空的对话［M］．当代中国出版社，2014．第29页．
② 袁鸣．简明西方哲学史［M］．北京工业大学出版社，2013．第329页．
③ 李华平．跨越时空的对话［M］．当代中国出版社，2014．第32页．
④ 颜翔林．死亡美学［M］．学林出版社，1998．第121页。

对立的，弃生是超越生存空虚、痛苦的一种无奈方式。自杀是愚蠢的行为，只有涅槃的神秘的直觉和艺术创造才是摆脱空虚的有益手段。叔本华的生存哲学笼罩着悲观的阴影，死亡像一个密不可分的影子伴随他的生存论。"他关于自杀与生存关系的论述具有开拓意义，现代西方文学艺术里众多表现自杀内容的作品，很难说与叔氏的哲学思想，如生存空虚论、自杀观不相关。"[①] 安德列耶夫正是汲取他的思想，因而对世界有了悲剧性的认识，他主要的作品正好印证了这个哲学家的著作。叔本华认为身体和意志是同一的，"身体的各个部分一定要和意志得以宣泄的主要欲望相吻合，必是欲望的可见表现：牙齿、食道与肠道的输送即是饥饿的客体化；生殖器即为性欲的客体化；而抓取物品的手与跑路的腿所结合的已是意志较为间接的要求"[②]。安德列耶夫的很多作品都描写了人的身体，《齿痛》中牙齿痛反映人们病态的精神，《曾经有过》中商人肥硕有病的身体表现了他精神堕落，《瓦西利·菲韦斯基的一生》中瓦西利神甫死的时候奔跑的双腿象征他继续追寻信仰的坚定步伐。《七个被绞死者的故事》中，脑满肠肥的部长的脸、手和脚，这些部位在他激动的时候，都会出现水肿，浑身都肿胀得要崩裂了，这样一个腐烂之物早已注定了他的死亡近在眼前。

可见，不仅仅是叔本华的学说影响了安德列耶夫的创作，而且叔本华的世界观也同样潜移默化地影响了他的思想。

二、尼采的"超人"哲学

像叔本华一样，尼采思想里也常常萦绕死亡的阴影，"死亡随时会向我袭来，我要加倍小心"。[③] 由于这种强烈的死亡意识，他把死亡作为生存的一个重要本质和参照。

尼采虽然出生于牧师家庭，然而他却是一个叛教者。尼采在《查拉图斯特拉如是说》中，借查拉图斯特拉之口说出了"超人"理念，并在"《欢愉的智

[①] 颜翔林. 死亡美学 [M]. 学林出版社, 1998. 第120页.
[②] 叔本华. 叔本华的人生哲学 [M]. 刘烨编译. 中国戏剧出版社, 2008. 第13页.
[③] 同①, 第122页.

慧》一书中，描述'上帝已死'的消息"①。在尼采的理论视域中，"超人"一词的原意是"'走过去的人'，表示人性必须被克服及超越，亦即人应该努力征服自我，要主宰自我的欲望，有创造力地使用人的力量。超人最伟大的创作就是他自己。由于'上帝已死'，这儿留下的空虚感只能以'我成为超人'来填补"②。他还指出如何看待一般的人性问题，即超人和人之间的关系问题，他强调，"人是在动物与超人之间一条绷紧的绳索，一条悬在深渊之上的绳索，即人是一个尚未完成的物种，应该接受考验，从动物一端走向超人"③。可见，尼采认为现有的社会中的人并不能令他满意，他需要有更加优秀、更加智慧的新人出现。

由于社会政治因素和文化等原因，尼采的主要著作直到19世纪90年代才被译成俄文出版发行，"《悲剧的诞生》和《查拉图斯特拉如是说》的完整译本直至1898—1899年间才陆续出版"④。俄国迫切需要新的理论来武装人们的头脑，而这一新哲学显然更加适应于较之先前更加进步的社会。

"从《谢尔盖·彼得罗维奇的故事》（1900）开始，安德列耶夫就十分关注俄国的知识分子问题。尼采的思想在19世纪90年代对俄国的思想影响显著，谢尔盖·彼得罗维奇和克尔任采夫分别以不同方式获取了尼采的思想，并逐渐将尼采思想体现在行动中。"⑤

在尼采哲学的影响下，安德列耶夫的小说"揭露资产阶级文化，深刻地批判了资产阶级宗教、道德和理性。安德列耶夫笔下的主人公总是在怀疑，并且没有信仰，他们认为幸福是不可能的"⑥。在安德列耶夫早期短篇小说《墙》（1901）中，"德国非理性主义得到了鲜明的体现，小说中起主要作用的是无名的主人公，以及'墙'和'夜'——人的永恒的敌人"⑦。人们希望爬出面

---

① 傅佩荣. 推开哲学的门 [M]. 东方出版社，2013. 第196页.

② 同①，第197页.

③ 同①，第197页.

④ 珊尼娅. 尼采与19、20世纪之交的俄罗斯文学 [D]. 吉林大学，2013. 第41页.

⑤ Беззубов В. И. Леонид Андреев и традиции русского реализма [M], Таллин: Ээсти Раамат. 1984. с. 102.

⑥ 同④，第70页.

⑦ 同④，第71页.

前的这堵阻挡通向幸福的墙，他们用尽浑身力气来与这些敌人作斗争，他们感到疲倦与绝望，但是却始终如一地坚持着。

尼采认为他所在的社会存在"消极的社会现象"①，因而他期待超人来解救这个腐朽的社会，将人从压抑不自由状态中解脱出来，并期待超人给这个世界注入新的理念，给人类带来更加光明的未来。

尼采反对"善"和"恶"的区分。他认为"这种区分所形成的神学道德并不适合一个没有宗教信仰的时代。'好'这个词当与'坏'相对照时有一个清晰的意义，这里的好和坏就是人性好和坏的范例。然而善在与恶对照时缺乏清晰的意义。善的范例就是这个人的力量被保持，并因此繁茂"②。受尼采的影响，安德列耶夫的善恶观具有双重属性，如对《加略人犹大》中的"叛徒"犹大，简单地用善或恶来定义他的为人。

受尼采哲学的影响，"安德列耶夫的小说描写了资本主义社会中那些孤独的、受尽煎熬的知识分子的痛苦，也着力刻画了人们行为的隐秘动机，表现了对人的潜意识和本能的兴趣"③。尼采赋予酒神精神积极意义，"毁灭与创造展示在众人面前，他宣布超人是大地上的创造，酒神精神就是超人的内核"④。在尼采看来，人自身最大的局限性是肉体，人应该克服肉体对无限精神的限制。这一观点启发了安德列耶夫的小说《谢尔盖·彼得罗维奇的故事》的创作，主人公那不灵活的脑袋就是他接受超人哲学的障碍，因而他选择了自杀来解除对其精神的限制。

安德列耶夫的创作并不是以劝解人的思想道德为目的。他研究人，并且在研究中分析和感受着自己艺术直觉的哲学图示。安德列耶夫的艺术哲学篇章描写了世界的整幅画面、社会的结构、人和上帝的关系。他笔下之人的精神内核通过身体上的、情感上的和社会上的某些特点得以表达。

---

① 珊尼娅. 尼采与19、20世纪之交的俄罗斯文学［D］. 吉林大学，2013. 第74页.
② ［英］斯科拉顿. 现代哲学简史［M］. 陈四海、王增福译，南京大学出版社，2013. 第192页.
③ 同①，第74页.
④ 董伟武. 中西传统伦理精神文化研究［M］. 光明日报出版社，2013. 第186页.

三、克尔凯郭尔的孤独体验

克尔凯郭尔这位现代存在主义哲学的奠基人，他的名字在丹麦语中"既有教堂的意思，又有墓地的意思，听上去够阴森、够恐怖。事实上，他从出生的那一刻起，就饱受焦虑、敌意、孤独、忧郁、不安、畏惧、绝望的折磨，比常人格外感受到生之烦恼和死之恐惧的分量，最后在畏惧之畏惧和绝望之绝望中走向信仰，满怀绝望的激情与人群和教会作不妥协的斗争"①。他的一生一直处于孤独和忧郁之中，克尔凯郭尔在他的《恐惧和战栗》这本书中，引用很多圣经故事来揭示现代人的精神困惑。如他对亚伯拉罕的论述来探讨信仰的悖论，他指出，"伦理学的普遍性表现为外在性，信仰的个体性表现为内在性，个体性高于普遍性。将信仰和荒诞连接在一起，而荒诞的意义就在于缺少被其他人理解的可能，却依旧呈现为事实"②。安德列耶夫的《瓦西利·菲韦斯基的一生》虽取自圣经《旧约》里的《约伯记》，但是与亚伯拉罕的故事情节几乎没有太大差别，都是讲述义人接受神的试炼，并以此考验信仰是否坚定的故事。

孤独是存在主义的核心问题。别尔嘉耶夫称"孤独是人类的命运，是人类存在的基本哲学问题"③。20 世纪无论是哲学还是文学都在表现孤独这个主题，人类感到自己犹如"自然的弃婴"，遭受命运随意处理，在喧哗的人类世界中成为被抛弃的人。克尔凯郭尔喜欢独居，他常常感到大祸临头，一辈子单身，自称是"一棵孤独的枞树"④。很多思想家对"自由、死亡、恶、异化的世界和荒诞"的存在主题感兴趣，而这些主题又都同孤独相联系。人们试图探寻自己的存在意义，而孤独问题则是存在主义哲学的重要内容。安德列耶夫和克尔凯郭尔都将孤独的主题表现在自己的艺术哲学空间里。

---

① 孙胜杰. 向死而生：哲学大师的死亡笔记 [M]. 华中科技大学出版社，2013. 第 153 页.

② 潞潞，韩沛奇，凯琳. 一生读书计划：哲学书架 [M]. 山西教育出版社，2012. 第 327 页.

③ Бердяев Н. А. Я и мир объектов. Опыт философии одиночества и общения // Бердяев Н. А. Философия свободного духа [M]. М.，1994. С. 283.

④ 徐春英. 走出言说的禁地：维特根斯坦语言哲学思想研究 [M]. 中国社会出版社，2011. 第 41 页.

孤独问题总是让人感到矛盾，因为人有两种需求：一方面，人们对离群索居的需求。另一方面，人是需要交往的，因而人们又希望回避与世隔绝状态："你们把我一个人留在这，甚至连蛇都有同志，蜘蛛有朋友，而人却孤独地存在。"① 安德列耶夫在自己的创作初期就苦苦地思考着人们与世隔绝的问题，试图帮助人们远离孤独，让所有孤独的人都聚集到一起。小说《城市》中的官员一生都渴望逃离孤独的眼睛。别尔嘉耶夫强调，"克服孤独实现从'我'的心灵走进'你'的世界。这是克服孤独的唯一途径"②。安德列耶夫认为爱情能够克服人类孤独感，真正的爱情可以避免自身封闭的感情，团结他人，减轻孤独感。爱情是帮助主人公逃离荒诞世界的手段（谢尔盖·彼得罗维奇最开始找了一个种地的姑娘）。

安德列耶夫的主人公都试图逃避孤独，但是人们拒绝与他们交往，因为他们本身也是孤独的。人们彼此之间缺乏联系，这就是安德列耶夫所揭示的主题。每个人相对于别人都是陌生人，他独自一人在这个世界上，他永远被关闭在他的头脑这个监狱中。安德列耶夫的生命哲学总是与孤独分不开的，代表作《沉默》中薇拉的死同父女之间的隔阂不无关系，女儿的死也使神甫变得永远孤独。孤独者虽是不同个体的生命体验，但他们的处境却代表了人类的集体宿命。这也是表现主义力图通过文本这个舞台所试图揭示出的人类所面临的生活图景。

第三节　俄罗斯白银时代的哲学与文学对作家死亡审美的影响

文学名著几乎都涉及死亡的问题，"西方文学中的荷马、但丁、莎士比亚、

---

① Демидова С. А. Методологический статус философской модели в литературоведческом анализе на материале экзистенциальной прозы Леонида Андреева И Ж. П. Сартрах [J].Философские исследования, 2010（3）. стр. 150.

② Бердяев Н. А. Я и мир объектов. Опыт философии одиночества и общения // Бердяев Н. А. Философия свободного духа [M]. M., 1994. C. 278.

歌德、拜伦、托尔斯泰、陀思妥耶夫斯基,代表着不同时期的最伟大的作家,这些大家的创作都表现了深刻丰富的死亡意识,创造了精彩纷呈的死亡艺术境界"①。安德列耶夫认为:"在所有的以往的俄罗斯作家中,我与陀思妥耶夫斯基最为接近。我认为自己就是他的学生和继承人,在他的心灵中能够洞察到很多黑暗的东西。"②显然,不仅仅陀思妥耶夫斯基一个人影响安德列耶夫的死亡意识,白银时代的许多著名宗教哲学家对死亡都有独到见解,这些观点同样影响着安德列耶夫的死亡审美。

一、白银时代宗教哲学中的死亡观

19世纪末的俄国社会动荡不安,世纪末的情绪笼罩着人们的思想。末世论(eschatology),意思是最远的、最后的。"末世论的思想源自《圣经》"③,在神学中这个概念表示"关于人和世界终极命运的教义"④。这种思想认为,总有一天上帝会审判人类,上帝的子民将得救并获永生,而恶人将进入炼狱永世不得进入天堂。这一时期的俄国涌现了很多宗教哲学家,他们广泛吸收西方先进文化思想,并以基督教作为理论基础,深度探索死亡所揭示的诸多问题,为俄国寻找一条出路,同时希望通过末日审判得到永生并进入理想的彼岸世界。

俄国著名宗教思想家费奥多罗夫认为,"就人类而言,死亡是一切痛苦的根源"⑤。他还分析了死亡的原因,"人类缺乏兄弟友爱和亲缘关系的情感,这是人类自身的无知和不完善造成的。实际上人们都在关心自己,自我保护,最终导致自我封闭"⑥。他找到了战胜死亡的法宝,即人们应该团结起来,克服分裂,不仅克服活着的人的分裂,而且要克服活人和死人之间的分裂,活人有

---

① 王玉琴. 论文学中的死亡意识 [D]. 南京师范大学, 2005. 第 4 页.

② Перхин В. В.. Одесские газеты о смерти Л. Н. Андрееваю [J]. Русская литература, 2013, (2). c. 196.

③ 徐新. 犹太文化史 [M]. 北京大学出版社, 2011. 第 83 页.

④ [美] 迈克尔·格拉茨, 莫妮卡·海威格. 现代天主教百科全书 [M]. 赵建敏主编译, 宗教文化出版社, 2012. 第 575 页.

⑤ 张柏春. 当代东正教神学思想 [M]. 上海生活·读书·新知三联书店, 2000. 第 58 页.

⑥ 同⑤, 第 58 页.

义务让死人复活。

别尔嘉耶夫在《死亡与永生》中论述了关于死亡的看法，他认为，"永生的和永恒的生命只有通过死亡才能获得"（即生命有了终点便让人有所畏惧，生命才有意义）①，然而，"时间中的生命和永恒中的生命之间是深渊，越过这个深渊只有通过死亡的途径，通过对中断的恐惧。在被理解为封闭的、自足的和完满的此世里，一切都是无意义的，因为一切都是暂时的，即死亡和死的特征永远属于这个世界，是此世和此世里所发生的一切事物之所以无意义的根源。这是向有限的和封闭的视野所展现的真理的一半"②。他对许多事情可以感到死亡近在身旁，小时候离别的伤感也让他想起死亡，很多偶遇的再也见不到的事物让别尔嘉耶夫想起死亡，偶然路过的城市、房间、树木和狗等，这些空间的分离总是引起他的忧思，即死亡体验。

俄国宗教哲学家弗拉基米尔·索洛维约夫（1853—1900）倡导人应该相信基督以获得神性，实现永生。人生的意义在于对善的创造，即"人只有通过善的创造才能达到真正的存在"③。索洛维约夫坚信，"人是有神性的。在人的身上既有渺小的一面，因为他是被造物，又有伟大的一面，因为他是个特殊的被造物"④。按照他的理解，人是可以通过信仰获得神性的，人具有了神性后继而可以永生。

白银时代宗教哲学家重新诠释了末世论中"死亡与永生"的观念，白银时代宗教哲学家指出，死亡是"上帝对人的堕落的审判，是肉体脱离灵魂，但同时也使人在灵的世界里得到新生"⑤。

存在主义哲学家列夫·舍斯托夫（1866—1938）基于宗教人道主义观点认为，"世界的本质是非理性的，试图探索理性无法回答的人的死亡、苦难、

---

① 叶舟. 心灵鸡汤大全集［M］. 企业管理出版社，2010. 第58页.
② 同①，第58-59页.
③ 徐凤林. 俄罗斯宗教哲学［M］. 北京大学出版社. 2006. 第135页.
④ 卓新平，许志伟. 基督宗教研究［M］.（第一辑）社会科学文献出版社，1999年. 第130页.
⑤ 布尔加，科夫. 东正教教会学说概要［M］. 徐凤林译. 商务印书馆，2001. 第265-266页.

恐惧和绝望等悲剧性问题"①。他指出人的悲剧性在于人和其他生物一样都会死，但是不同的是，"人本身也是具有上帝形象的生命，是一个精神体，是能够认识到无限的有限者，因此，人在自然界中的命运是悲剧性的。只有能够意识到无限，只有渴望永生，死亡才会变得是悲剧性的。要是人只是一种自然界的毫无认知能力的有限存在物，那么人之死就没有任何悲剧意义了"②。舍斯托夫用信仰之路拯救人的有死悲剧，用信仰的强大力量克服对死亡的畏惧。"信仰为人类提供了一种与理性思维迥异的、顿悟式的、直观型的'呼告'，以回应上帝的启示。信仰可以帮助人类摆脱现代文明的异化，追求人生的终极价值。因此，信仰上帝也是另一种形式的人道主义，即宗教人道主义。"③

梅列日科夫斯基一生完成了三套三部曲，"这些作品都是以鸿篇巨制叙说基督与敌基督之间的残酷冲突和两个心灵之间的挣扎。寻神的心灵向往着上帝的真理，而异教的心灵则迷恋于大地的真理，这是贯穿在他思想和著述之中的两个极端原则"④。梅列日科夫斯基对死亡的思想被纳入他的宗教思想体系。诚如柏拉图将哲学概括为死亡的练习，在他看来，"宗教起源于人类对死亡的恐惧，并且基督教的全部意义也在于对抗这种人类精神永恒的思虑。在基督教之前，人类生活得像今天的动物——超越了对死亡的意识，具有动物性不死的感觉。迄今，认识到或者至少感受到关于不仅涉及单独的人，而且涉及全人类的终结、死亡的思虑之不可避免性唯一的宗教，是基督教。也许，正是在这里包含了基督教文化历史影响的主要特点，这些对欧洲世界现实社会的、道德的和政治的命运的影响，至今尚未完结"⑤。梅氏强调了基督教在人类死亡中所起到的作用，并阐释了爱和死亡是相互对立的概念。"爱是现实的，同时也超验地肯定了个体的存在；死亡也是现实的，同时却否定了存在本身，把个体永

---

① 张杰. 走向真理的探索：白银时代俄罗斯宗教文化批评理论研究［M］. 北京大学出版社，2012. 第100页.
② 同①，第107页.
③ 同①，第108页.
④ 袁宪军等. 多维文化视野下的浪漫主义诗学研究［M］. 上海文化出版社，2011. 第358页.
⑤ 刘锟. 圣灵之约：梅列日科夫斯基的宗教乌托邦思想［M］. 黑龙江人民出版社，2009. 第32页.

远归于无。"①

　　梅列日科夫斯基的思想对于安德列耶夫来说处于对立面。安德列耶夫尖锐地批判了梅列日科夫斯基。1916年，因为梅列日科夫斯基的《浪漫者》在莫斯科艺术剧院上演，他给涅米罗维奇-丹钦科（Немировичу-Данченко）的信中写道："难道梅列日科夫斯基没侮辱您吗？要知道这不是生活，他来到了正在死去与死了的人跟前。当他走路时还摇着铃铛，像天主教神甫一样去参加死人祷告。您没听见这个铃声吗？虽然安德列耶夫与象征主义很多作家联系，如勃洛克与索洛古勃，在一些时期非常亲近。但他努力避免与梅列日科夫斯基的任何接触。"②

　　对于相似的问题，安德列耶夫同梅列日科夫斯基所持有的思想观点并不一致。③ 他请求高尔基认真地阅读他的小说《思想》，"小说并不仅仅满足艺术要求。我担心小说在思想方面能否经受得住。我认为，我并没直接给出梅列日科夫斯基那片土壤，我不可能直接说出上帝，但却有足够的否定"④。

　　梅列日科夫斯基的社会宗教思想，尤其是东正教神权政治对于安德列耶夫来说格格不入。总之，安德列耶夫对宗教意识感到异己。无论是梅列日科夫斯基，还是他亲爱的战友，对待安德列耶夫都很不友好，在他们尖锐的批评中含有公开的辱骂，触及的不仅是创作，还有作家的个性。

　　而安德列耶夫非宗教性的唯物主义世界观让梅列日科夫斯基和吉皮乌斯最不能容忍，令他们气愤的是，这个缺少宗教观的安德列耶夫竟然在自己的创作中关注起了宗教问题。他们认为这些问题与人类生活的目的和意义具有同等价值。而回答这些问题的人必须是一个虔诚的信徒。

　　吉皮乌斯认为《瓦西利·菲韦斯基的一生》是一部好小说，安德列耶夫

---

① 刘锟. 圣灵之约：梅列日科夫斯基的宗教乌托邦思想 [M]. 黑龙江人民出版社，2009. 第40-41页.

② Беззубов В. И. Леонид Андреев и традиции русского реализма [M], Таллин: Ээсти Раамат. 1984. с. 82.

③ Беззубов В. И. Леонид Андреев и традиции русского реализма [M], Таллин: Ээсти Раамат. 1984. с. 83.

④ Беззубов В. И. Леонид Андреев и традиции русского реализма [M], Таллин: Ээсти Раамат. 1984. с. 83.

是莫斯科小说家团体中的天才人物。与此同时,她也指出了小说里的"陈旧的唯物主义论调"。她认为安德列耶夫开创了一个陌生的主题——关于上帝的主题,即"当安德列耶夫说着陌生的上帝时,他从自己的庙宇中看着上帝,让他服务于真理的神——人。安德列耶夫的小说以上帝为主题,同时颂扬着人类,颂扬着所有的高尔基们的多面孔的唯一的骄傲的神"[1]。

梅列日科夫斯基指出安德列耶夫缺乏宗教意识,但同时也注意到他作品中所涉及的宗教问题。正是按照宗教意识程度,梅列日科夫斯基在宗教意识方面将安德列耶夫与陀思妥耶夫斯基进行对比,他发现,"安德列耶夫不是俄罗斯文学中第一个思考上帝的人,他的沉思混同母亲的乳汁。陀思妥耶夫斯基的神秘与安德列耶夫的神秘相比较,如同人们将哥白尼的日心说与民间使用的日历相比较"[2]。可见,梅氏很蔑视安德列耶夫的宗教思想,同时,以梅列日科夫斯基为代表的象征主义团体对安德列耶夫创作的反基督题材感到愤怒。梅氏把精神与肉体理解为同一性,他强调肉体也具有神性;而安德列耶夫则与之相反,他认为肉体有时会阻碍精神的自由,因而他的主人公有时只能以死换取自由。

综上所述我们发现,白银时代的宗教哲学家的死亡观更多体现为"永生",他们认为人死后可以实现永生,虽然安德列耶夫受到他们的影响,但是他是一位创新型作家,有着独到的见解,他的生命哲学思想所关注的已经不是永生和死后的世界,而是生命的意义和生死无常。

二、陀思妥耶夫斯基的死亡意识

陀思妥耶夫斯基的很多作品表现了死亡主题,如小说《罪与罚》和《卡拉马佐夫兄弟》。这与他的痛苦经历不无关系。他的母亲在他 16 岁时去世,而他的父亲经常酗酒,在他 18 岁时因虐待农奴而被杀死。这些悲惨的经历还不止,陀思妥耶夫斯基三个月大的长女与三岁的儿子分别去世,他本人在 1849

---

[1] Беззубов В. И. Леонид Андреев и традиции русского реализма [M], Таллин: Ээсти Раамат. 1984. c. 84.

[2] Мережковский Д. В обезьяньих лапах. О Леониде Андрееве. Русская мысль, 1908, (1). c. 81.

年12月22日被指控犯有政治罪，被判处死刑而后改为服苦役，这些痛苦的经历摧残着他的精神和情绪，影响了他的哲学思想和死亡观。虽然"陀思妥耶夫斯基对死亡和永生问题的理解方法有许多与众不同的地方，但是他的思想的确有承前启后的作用。一方面他继承和发展了历史上的人道主义哲学传统，另一方面，他促进了当代对生死问题的哲学沉思和精神——道德感受"①。《罪与罚》中表现了大学生拉斯科尔尼科夫借用超人理论杀死放高利贷的老太婆后，主人公一直处于痛苦中。作者在这里传达了这样的思想："杀人者不管动机如何，只要是犯罪都应当受到惩罚。要解救人类苦难，不能靠流血，只能靠自我牺牲。而杀害自己的同类等于杀害自己，双手沾有同类鲜血的人将永远受到良心的谴责。"② 小说《卡拉马佐夫兄弟》的故事情节是一桩杀父案件。凶手行凶后畏罪自杀，而长子德米特里的嫌疑最大，因为父亲与他争夺同一个情妇，他早就声言要杀死父亲，因而被捕。而他在法庭上承认自己在精神上犯了罪，因而接受惩罚。二儿子伊凡为了能和卡杰琳娜在一起并继承家中财产，也盼望老卡拉马佐夫早些死，他因过分责备自己而发疯。陀思妥耶夫斯基的死亡观离不开主人公自我道德惩戒和在苦难中得到救赎，"死亡现象在陀思妥耶夫斯基的作品中占据这样一个位置：它与罪恶及其审判相关"③。陀思妥耶夫斯基强调人最后转化为基督，而安德列耶夫的人物杀人后是不会忏悔的，他们具有反基督的思想。虽然安德列耶夫部分地继承了陀思妥耶夫斯基的文学创作，但是，"他缺少陀思妥耶夫斯基那种深沉的宗教感，而代之以一种无情的悲观主义，使他的作品具有一种阴郁的力量"④。安德列耶夫在接受陀思妥耶夫斯基的创作经验的基础上，"将现实主义、印象主义、表现主义有机地结合起来，他更多从抽象的理念——死亡、谎言、疯狂出发，来创造浓郁的艺术氛围"⑤。

安德列耶夫的小说《思想》（《意念》或《我判处了朋友的死刑》）与陀

---

① 吴兴勇攻．死亡学笔记［M］．湖南人民出版社．2000．第172页．

② 同①，第173页．

③ 王森．死亡机器与基督复活——当陀思妥耶夫斯基遭遇死亡［J］．中国图书评论．2011，（10）．第104页．

④ ［英］威尔逊．我生命中的书［M］．陈仓多译．重庆出版社，2006．第286页．

⑤ 田兆耀．西方文学鉴赏［M］．中国广播电视出版社，2002．第192页．

思妥耶夫斯基的《罪与罚》相似，主人公都想以杀死平庸的人来试验超人理论。"《意念》不仅在主题上十分接近《罪与罚》，而且在叙事上也采用了陀思妥耶夫斯基最为擅长的内心独白形式。小说中的克尔任采夫，在精神气质上，和陀思妥耶夫斯基笔下的拉斯柯尔尼科夫十分相似"。① 克尔任采夫杀死了平凡的作家阿历克赛，情节安排也很相似，克尔任采夫当着塔季扬娜的面杀死朋友，正如拉斯柯尔尼科夫杀人现场被高利贷老太婆的妹妹所目击。"安德列耶夫和陀思妥耶夫斯基的对比还是在1902年"。② 陀思妥耶夫斯基的《罪与罚》影响了安德列耶夫的小说《思想》，两部小说的主人公都试图用可否杀人来做试验。但是拉斯柯尔尼科夫的犯罪是相对于上帝的罪，因为他信奉上帝，而克尔任采夫则是相对于自己在犯罪，他绝望人没有统一的上帝，世界应该进入末世。克尔任采夫把思想和死亡本能紧密地交织在一起，用自己的意志力逃避了精神和法律的惩罚。杀人后，他进行自我反省，对世界的不合理秩序表示抗议。

毫无疑问，在安德列耶夫的很多作品中可以发现陀思妥耶夫斯基作品的主题。不可否认，安德列耶夫是陀思妥耶夫斯基的继承者，但是我们也发现了二者的不同之处。尤尼克斯（Unicus）将陀思妥耶夫斯基与安德列耶夫作为基督徒与人道主义者进行对比，他强调在安德列耶夫作品中，"并没有体现对人类的爱，而是突出了魔鬼要素。他与陀思妥耶夫斯基对人类的爱完全是矛盾的。他们的共同之处是都爱好病态心理"。③

俄国的宗教家曾愤怒地指责安德列耶夫作品中的危险性，安德列耶夫的无宗教意识威胁着基督的教义。之后，陀思妥耶夫斯基进入他的创作世界，安德列耶夫试图将陀思妥耶夫斯基作为反基督的范例。在1915年，高尔基回忆起一段他与安德列耶夫的谈话，安德列耶夫说："我不爱基督，陀思妥耶夫斯基说得对，基督是个头脑不清楚的人。"④ 可见，安德列耶夫是不信奉宗教的。

---

① 若隐，程庸. 月亮下的蛋［M］. 当代中国出版社，2004. 第147页.
② Чуковский К. Леонид Андреев большой и маленький, СПб., 1908. с. 68.
③ Unicus. Л. Андреев и его литературные герои. Нижний Новгород, 1910, с. 10.
④ Беззубов В. И. Леонид Андреев и традиции русского реализма［M］. издательство — Ээсти раамат. Таллин. 1984, стр. 86.

安德列耶夫注意到存在的问题，他关注陀思妥耶夫斯基和托尔斯泰的伦理哲学，但托尔斯泰说"他不是从那一边"到他们这来。安德列耶夫无法接受陀思妥耶夫斯基的理想的基督式的人，他有意识地在自己的写作旗帜中标记上"反抗"。安德列耶夫发展了陀思妥耶夫斯基的"暴动分子"的主题，即伊万·卡拉马佐夫的主题。利沃夫·罗加切夫斯基（Львов-Рогачевский В.）称安德列耶夫为"俄罗斯文学的伊万·卡拉马佐夫"[1]。

安德列耶夫为了表现暴动，必然反对陀思妥耶夫斯基作品中体现的基督的顺从思想。在1907年以前，安德列耶夫远离陀思妥耶夫斯基，因为在他的作品里民族的东西很罕见。他想写"时空之外的东西"，并渴望体现"普遍的人"。安德列耶夫在很多作品中弱化了民族特点，如小说《墙》和戏剧《人的一生》，人物只是观念中的人，而不是具体的某个人。

陀思妥耶夫斯基捍卫"俄罗斯思想"并传布俄罗斯和俄罗斯精神的弥赛亚任务。他需要一块这样的土壤：他坚决反对普遍的人。而安德列耶夫如同俄罗斯民主知识分子的众多代表，具有民主国际主义特点。从民主国际主义观点出发的"星期三"与"知识"作家都反对民族压迫，并保卫沙皇俄罗斯少数民族权利。《墙》和《深渊》是安德列耶夫重要的象征形象，源自陀思妥耶夫斯基的作品。安德列耶夫的《墙》是多义的。他这样地解释自己"墙"的含义：墙是处于通往新的、完美的幸福生活的路上的一切障碍，这是人的天性中不完善的地方，是动物凶狠与贪婪的本能。这是关于存在，上帝，生与死的目的和意义问题。人类在墙面前为真理、幸福和自由而斗争。安德列耶夫的"墙"具有陀思妥耶夫斯基的"地下室的奇谈怪论者"所抨击的"理性"的特点，"石头墙"是自然法则和理性的象征。安德列耶夫的很多作品有"墙"的形象，并含有"反抗"的意味。《谎言》和《城市》中的"墙"将人与人分开；《沉默》中"死亡"如同"墙"将生与死分开，阻断了人们之间的交流；在《人的一生》中"墙"表现为人的命运和规则，谁也无法违背它的命令。

安德列耶夫具有"反抗"含义的"墙"继承了陀思妥耶夫斯基的存在主义反抗主题，他继续研究着伊万·卡拉马佐夫，以及陀思妥耶夫斯基的其他主

---

[1] Львов-Рогачевский, В. Новейшая русская литература [M]. Изд. 3-е М.—Л., 1925, c. 214.

人公的反抗性格。安德列耶夫提倡斗争与反抗，人在墙面前不是没有希望，他的一些作品体现了胜利的可能，即"墙倒了"。小说《永远没有结束的故事》中女主人公觉得"仿佛一些墙正在倒塌，于是便这样宽敞，这么开阔，这么自由自在。"①

安德列耶夫能够揭示人身上精神的东西，而不是经验的东西。梅列日科夫斯基认为陀思妥耶夫斯基偏重于描写人的精神方面，而托尔斯泰则是肉体的。因而安德列耶夫在揭示人的身上的奥秘时，他更倾向于陀思妥耶夫斯基。

安德列耶夫区别于陀思妥耶夫斯基，他颂扬的不是顺从的基督牺牲精神，而是积极的反抗精神。陀思妥耶夫斯基之所以吸引安德列耶夫，是因为他提出了世界性的和全人类的问题，安德列耶夫渴望通过描写死亡实现高尚的悲剧艺术。

三、列夫·托尔斯泰的死亡意识

中学时代，安德列耶夫就阅读了托尔斯泰的《我的宗教——我的信仰何在？》。"列夫·托尔斯泰对官方教会的批评，对年轻的安德列耶夫的心灵世界，对其后来中篇小说《瓦西利·菲韦斯基的一生》以及剧本《萨瓦》《安那太马》的创作影响也颇大"。② 安德列耶夫在写给批评家伊兹梅洛夫的信中承认《深渊》受到托尔斯泰的影响。"您当然读过托尔斯泰因《深渊》而骂我的那些话了吧？他这样做毫无意义，因为《深渊》是他的《克莱采奏鸣曲》的亲生女儿，尽管是非婚生的。"③ 安德列耶夫本人证实了托尔斯泰对其创作影响，指出了两部作品的亲缘关系。托尔斯泰终其一生都在探寻死亡之谜和人存在的意义。他的很多作品描述了有关死亡主题，如《三死》《战争与和平》《克莱采奏鸣曲》《伊凡·伊里奇之死》等。

托尔斯泰死亡意识的形成与他的亲身经历有关。作家对待死亡的态度可以通过他作品中主人公同大自然的关系中寻找。托尔斯泰出生的庄园亚斯纳雅·

---

① 安德列耶夫.永远没有结束的故事——安德列耶夫中短篇小说集［M］.译林出版社，第117页.
② 何雪梅.俄罗斯白银时代文学史［M］.黑龙江人民出版社，2008. 第219页.
③ （俄罗斯）巴辛斯基著.另一个高尔基［M］.余一中，王加兴译，译林出版社，2012第381页.

波良纳（Ясная Поляна），在他82年的生涯中有60年都在这里度过。这里的天空、大地、花草、鸟兽、人民以及他们的生活，都是作家创作的源泉。因而托尔斯泰的死亡观与大自然紧密相连，他崇尚大自然无声无息的自生自灭，在《三死》中，作家欣赏的便是大树的伟大死亡，也印证着作家的观点"死亡就是自然"。

1860年，托尔斯泰的哥哥尼古拉去世对他造成了沉重打击。"1869年，托尔斯泰体验了几乎导致他精神崩溃的'阿尔扎马斯的恐怖'——死亡意识突然的、猛烈的袭击"[①]。正是由于面临诸多必须解决而他却不能解决的问题，令托尔斯泰对生命突然产生了极度的荒诞感和强烈的死欲，这就是导致"阿尔扎马斯的恐怖"的心理根源所在。从此，托尔斯泰从"共同世界"走向"个人世界"。

托尔斯泰主张道德自我完善，勿以暴力抗恶和博爱，他的三大学说体现了他一生的思想：普度众生，用爱来融化一切矛盾。他认为暴力不能从根本上解决冲突，以暴治暴只能产生新的恶。实际上，这不仅是他的善恶观，也是他的道德法则。

在《战争与和平》中，安德烈公爵临死前看到娜塔莎，他不想死了，托尔斯泰认为爱情可以阻止死亡。同样，安德列耶夫也认为幸福和爱情可以对抗死亡。托尔斯泰一生追问上帝人有生却为何还有死，他在《伊凡·伊里奇之死》借用伊凡之口问道："你为何如此对待我？你为何把我带到人间？你为何如此折磨我？"伊凡对待死亡的态度从拒绝到最终接受。安德烈公爵同样不愿接受死亡。在即将死亡时，主人公仔细地看着天空，他清醒了。对死亡的思考，也是对人生目的的思考。

安德列耶夫描写死亡的作品很少表现人物在死亡面前纠结，他们大多比较平静地接受死亡。伊凡的同事看到他的死亡，担心自己的死亡，但是这种念头很快就消失了，他们认为死亡不会来到自己身上。而安德列耶夫的人物对死亡的态度则不然，他们中大多数把死亡当成本己的痛苦。如《加略人犹大》中

[①] 戴卓萌. 列夫·托尔斯泰创作中的宗教存在主义意识——谈托尔斯泰创作中的"死亡"主题[J]. 外语学刊, 2005,（2）. 第106页.

犹大看到导师被钉上绞刑架那一刻，他也如同死去；《红笑》中的死亡让每个人都感到窒息，没有生路可逃；《七个被绞死者的故事》中，在绞刑现场一个士兵瘫倒，他也感受到了死亡就在近旁。

　　文学批评家帕维尔·巴辛斯基记载了高尔基对列夫·托尔斯泰和安德列耶夫的死亡观的描述："托尔斯泰的死亡是上帝与自然的误会，对于安德列耶夫来说，死亡是生命中唯一'真正的东西'。它不是虚幻的，不是欺骗性的。"① 安德列耶夫的死亡如影随形地陪伴在主人公身旁，是生的一部分，在作品中常常出现意外死亡，命运操控着一切。

　　"法国启蒙学派思想家卢梭对托尔斯泰思想体系的形成有巨大影响"②，卢梭的自然神论和自然教育论的思想影响着托尔斯泰，托尔斯泰一生都在对死进行追问，而答案蕴含在他对大自然的理解中，"在接近死亡的临界状态中世界观内涵和等级发生改变的最深刻的依据、最根本的原则，当推基督教。的确，这里并没有对基督教的纯粹理解。托尔斯泰有时把上帝和自然'融汇'到了一起，合而为一变成神的自然原则"。③列夫·托尔斯泰终其一生都在"像异教徒一样寻求神，力图猜出这个谜底，指给俄罗斯一条走向未来的出路"。④当死亡临近时，安德列耶夫心里出现了这样的想法："爱是什么？爱干扰死，爱是生。只是因为我爱，我才明白一切，一切。只是由于我爱，才有一切，才存在一切。只有爱把一切结合在一起，爱是上帝，而死，意味着我这个爱的小小粒子回到万有的、永恒的本源。"安德列耶夫明白了死，也就理解了生。爱，也是托尔斯泰一生所追求的精神——博爱。安德列耶夫最终克服了死亡恐惧，理解了人的生命价值，托尔斯泰从而也向我们展现了生命的神性。托尔斯泰把生命看成是大自然的一部分，一切应该顺应自然法则，他把生死的秘密交给了大自然去解答。这与安德列耶夫的死亡观有着类似之处，安德列耶夫反对异化的人，强调回归自然的我，而死亡完成呼唤本我的职能。《曾经有过》中富有

---

① 巴辛斯基. 另一个高尔基 [M]. 余一中，王加兴译. 译林出版社，2012. 第351页.
② 智量. 论19世纪俄罗斯文学 [M]. 复旦大学出版社，2009. 第268页.
③ C.A.尼科尔斯基，米慧译. 生与死：托尔斯泰哲学艺术创作的重要主题（以早期作品为例）[J]. 俄罗斯文艺，2010，(3). 第19页.
④ 乔占元. 陀思妥耶夫斯基与他的"斯芬克斯之谜"[J]. 俄罗斯文艺，2004，(4). 第39页.

的商人在商场中打拼多年，被锻造得心狠手辣，可是即将来临的死亡唤醒了他麻木的神经，他明白自己做得越多就越不是曾经的自己。终于在死前的晚上，他留恋世间真正美好的事物："太阳如何在萨拉托夫省照耀着伏尔加河、森林和田野里尘土飞扬的小路。于是他双手一拍，又捶了一下自己的胸脯，喑哑地哭着扑倒在枕头上，与助祭头挨着头。"[①] 死亡比金钱高贵得多，与死亡相比，名利财富显得多么荒诞。

托尔斯泰对安德列耶夫的评价是这样的，"他总是思考着严肃的东西，但不知道为什么不是从那一端来接近事物，没有真正的宗教感情"[②]。梅列日科夫斯基对安德列耶夫的反宗教倾向表示气愤。神学家和东正教会活动家都纷纷指责安德列耶夫无神、亵渎神的行为和玷污宗教情感并要求禁止他的作品。他们认为安德列耶夫的很多作品有这样的趋势——破坏了宗教原则。

安德列耶夫同托尔斯泰的作品在描写死亡上都希望人能够回归自然天性，找到真实的自己。但是托尔斯泰的死亡观是宿命的，这种观点更强调顺从的思想。著名的安德列耶夫研究者别祖博夫在安德列耶夫的作品中看到了"讽刺托尔斯泰的不抵抗理论"[③]。安德列耶夫尽管对人生持悲观态度，但他主张人的反抗精神，甚至可以用暴力解决社会冲突。在对待战争的态度上，二者有相似之处。两位作家都认为，战争会流血死人，双方无论谁胜利都会伤亡惨重。托尔斯泰具备乌托邦社会理想，而安德列耶夫却不具备。然而他们都憎恶城市，认为城市是罪恶之源。托尔斯泰的《安娜·卡列尼娜》中城市的腐朽文化让人窒息，列文只有回到乡下才得以喘息。安德列耶夫的"城市"同样是吞噬人的机器，如《沉默》中的薇拉从彼得堡回来后，便自杀了。

拯救的主题一直是安德列耶夫的主要题材，如《加略人犹大》和《瓦西利·菲韦斯基的一生》中都体现了救世思想，但是安德列耶夫不能像托尔斯泰那样，真正地接受宗教。

---

① 安德列耶夫. 安德列耶夫小说戏剧选 [M]. 外国文学出版社, 1984. 第 72 页.
② А. Б. 戈利登维泽尔. 托尔斯泰周围（第 2 卷）[M]. 莫斯科—彼得格勒, 1923. 第 15 页.
③ В. А. Мескин. Грани Русской прозы: Ф. Сологуб, Л. Андреев, И. Бунин Южно-Сахалинск. 2000. 第 85 页.

本章小结

动荡不安的社会生活、作家的不幸生活经历、白银时代的宗教哲学、叔本华的悲观哲学、尼采的超人哲学和克尔凯郭尔的存在哲学都影响着安德列耶夫的世界观形成，他的世界观更偏向于悲观，这样的悲观思想使作家更青睐死亡的描写。安德列耶夫的小说，无论是散文还是戏剧，几乎没有一个幸福的结局。这个特点支持着作家在活着时的谈话总是充满"喜剧的悲观主义"。但是悲剧并不直接与悲观主义相联系。安德列耶夫认为，如果人们阅读自己的书哭了，这并不意味着他是悲观主义者，正相反，不是笑着的每个人都是快乐的乐观主义者。众所周知，布宁把自己与那些具有强烈死亡情感的人相联系，加强了"生"的情感。

同时，陀思妥耶夫斯基和托尔斯泰也都影响了他的死亡观。安德列耶夫在解决存在问题时，"进入了陀思妥耶夫斯基和托尔斯泰的哲学伦理问题的圈子，但正如托尔斯泰所指出的那样，他并不是从宗教角度来解决这些问题的"。[①]托尔斯泰与陀思妥耶夫斯基作品中的人物通常包含精神的复活，如《复活》中聂赫留朵夫不断努力帮助玛丝洛娃而使自己精神复活，拉斯科尔尼科夫杀人后经受思想炼狱，痛苦不堪，最终也实现了精神复活等。而安德列耶夫笔下的人物如克尔任采夫杀人后，没有任何的忏悔，因为他并不认为自己犯了罪。

---

① 贾锟. 安德列耶夫创作中的"末日论"研究 [D]. 南京大学, 2008. 第16页.

第二章 时空叙事中的死亡事件

别尔嘉耶夫在理解时空与死亡的关系时指出,"时间和空间是能够带来死亡的,它们所导致的分裂就是对死亡的局部体验。当人的情感在时间中消失的时候,这就是对死亡的体验。当在空间中发生着与人、家、城市、花园、动物的分离,这种分离总是伴随着这样一种感觉,也许你再也不能见到它们了,那么,这就是对死亡的体验。对时间和空间中一切分离和分裂的忧郁都是对死亡的忧郁"①。他强调的是对死亡的体验,也就是当人同某物发生分离后的感受。时间和空间是度量宇宙万物存在的一对坐标。人、生死和时空如同三位一体紧紧融合在一起。"时间和空间是运动着的物质或物质运动的存在形式。"② 在西方文化传统中,时间、空间从根本上讲一直是物理学的问题,而不是生存论的问题。传统意义上的时空观最早也是在物理学中生长起来的。只是到了海德格尔,才把时空当成了生命存在的可能性前提,本源性的时空意识才得以彻底觉悟③。每一个时代的人生特点各不相同,但都要经历出生、成熟和死亡的过程。作家常常运用不同的时间空间秩序暗示读者。从价值论的角度看,时间并没有具体的现实性,只有"当主体在意向着、直观着的时候,时间才成为现实性的"。所以,重要的不是时间的现实性刻度,而是被主体体验着的时间,是意向活动中的时间体验,离开了人的体验,单纯谈实在之物的时间将毫无意义。

安德列耶夫在小说中的物理时间和心理时间相并存,空间位置不断变换。

---

① 叶鸿蔚. 马克思主义哲学原理辅导读本 [M]. 河海大学出版社,2004. 第371页.
② 李秀林,王于等. 辩证唯物主义和历史唯物主义原理 [M]. 中国人民大学出版社,2004. 第10页.
③ 靳凤林. 死,而后生 [M]. 人民文学出版社,2005. 第211页.

第二章 时空叙事中的死亡事件

本章以时空艺术为切入点,分析了主人公的死亡,并发掘其在时空视域下死亡的意义。正是借助于对现实与历史这种独特的时空对应关系的描写,安德列耶夫在小说中塑造了他的人物形象,把时间与空间的表现形式变形为小说的情节要素。

第一节 《加略人犹大》的死亡与时间范畴

时间是一维的单向运动,因而人类在时间的运动中看到了变化与死亡。安德列耶夫于1907年创作的《加略人犹大》,是一部具有反基督倾向的作品。小说中的犹大担负起主要角色,而耶稣退居到次要位置。犹大一向以负面形象出现在我们面前,他为了三十个银币而出卖自己的导师,为我们所深恶痛绝。而在安德列耶夫笔下,犹大转而成了具有拯救精神的救世主。作者对传统的善与恶进行了"变性処理"[①],展现出奇特的创作风貌。安德列耶夫创作中的"反基督倾向与 A. 勃洛克十分接近"[②]。勃洛克甚至指出过,安德列耶夫小说的实质不是福音书式的,而是反基督的。亨利·柏格森把时间分为空间时间(物理时间)和心理时间,用钟表可度量的时间即为"空间时间"(物理时间),而被他称为绵延的时间(所谓的"绵延"的时间也就是我们通过直觉而感知的时间),即为"心理时间"[③]。这部小说充满了物理时间和心理时间的变换,安德列耶夫把主人公置于如此复杂变换的时间当中,人物命运也随其展开。

一、物理时间

安德列耶夫在小说《加略人犹大》中开篇就对物理时间做好布局,诸如

[①] 李建刚. 论列·安德列耶夫的跨界创作 [J]. 济南大学学报, 2008年, (5). 第50页.

[②] Беззубов В. И. Леонид Андреев и традиции русского реализма [M], Таллин: Ээсти Раамат. 1984. 第209页.

[③] 唐院. 空间时间与心理时间交织的诗意坐标网——庄伟杰《从家园来到家园去》解读 [J]. 世界华文文学论坛, 2006, (1). 第28页.

白天、傍晚和黑夜等。作者讲述了耶稣和门徒在伯大尼的拉撒路家过夜，晚上聚在一起回想旅途的景象："太阳，石头，青草，基督，在脑子里静静闪动，勾起淡淡的冥思，萌发出永远在太阳下游走的幽暗而甜蜜的幻梦。疲劳的身体在香甜地休息，浑身都在沉思着某种玄秘而庞大的东西，谁也没想犹大。"① 这段文字描写了耶稣与门徒的回忆场景，人们思考过去的状况与一幅梦幻画面联系起来，从而彰显小说主题。表现了一幅永远运动的图画，犹如绵延的人类跨越漫长的历史，在过去的时间里进入了永恒，太阳下的永恒运动，这样的生活不仅仅是一个人的，而是全人类的。"在永恒面前一切都微不足道，都是预先决定好了的"。② 安德列耶夫在小说开篇有意淡化个人，呈现了一幅庞大的人类空间图景，过去的时间通过记忆保留，这些都在告诉我们，耶稣与犹大的死具有历史发展的必然性，他们将成为永恒。

接着，犹大便出现了，值得注意的是，犹大的出场凝固了流动的时间。安德列耶夫这样描写白天图景："已经十天了，没有一丝风，始终笼罩着澄澈空阔的苍穹，它寂然不动，一成不变，专注而又敏锐。它似乎在自己澄净的深处，遗存下这些日子以来人们和鸟兽的所有呼号与歌唱——眼泪、哭泣、欢快的歌声、祈祷和诅咒。而这些凝滞的玻璃般的声音让它变得如此沉重，如此不安，对无形的生命充满贪婪的渴望。"作者放缓了叙事速度，通过对静止的事物描写，给读者留下相当大的想象空间，他似乎在暗示给我们有一个不同寻常的人物即将登场，周围的一切都在为他让路。

接着，他描写了落山的太阳，一幅傍晚图景："太阳沉下去。它燃着天空，像一团火球渐渐滚落，尘世间面对它的一切：耶稣黝黑的面庞、屋壁和树叶，这一切都映照着那遥远的沉思中的光芒。白色在此刻已不再洁白，迷人的山岗上，美丽的城也不再皎然一片。"③ 所有一切都在沉重不安的空气中。落山的太阳像个火球，太阳象征生命，人子的生命，但太阳"像一团火球渐渐滚落，燃烧着天空"，这幅画面预示耶稣的死是注定的。与之相类似，在布宁的小说

---

① 列·尼·安德列耶夫. 加略人犹大/撒旦日记 [M]. 何桥译. 新星出版社，2006年. 第96页.

② 符·维·阿格诺索夫. 20世纪俄罗斯文学 [M]. 凌建侯等译. 中国人民大学出版社，2001年. 第117页.

③ 同①，第82页.

《扎哈尔·沃罗比耶夫》中，他通过描写"落山的太阳预示扎哈尔生命悲剧的降临"①。在安德列耶夫看来，耶稣被钉在十字架上是不可避免的，如同不可回避的弥赛亚降临在犹大身上。

黑夜是作家的死亡意象之一。安德列耶夫笔下的死亡常常与黑夜相联系，因为在夜里人们睡去，睡眠与死亡在古代神话中被认为是孪生兄弟。安德列耶夫描写了让人窒息的白天和傍晚，而后刻画了神秘的夜晚。夜是那样的隐秘，寂静而又黑暗。"因为圆月升起，很多人都去散步。在月光中，每一个白影都很轻柔，不急着走，而是向前爬。突然一个人掉进了黑色中，传来了他的声音。当人们重新又出现在月亮下，他们沉默了，如同白色的墙，如同黑影，如同雾气缥缈、透明澄澈的一团夜。"② 夜犹如深渊，吞没了人们和周围的一切，但整个黑暗又渗透进月光。犹大的出卖行为恰好发生在黑暗力量猖獗的夜晚。安德列耶夫的夜晚，黑影和幽暗常常是他的恶的力量的艺术实体。"夜"能够吞噬一切，它象征抓捕耶稣的行为是罪恶的。《红笑》中一名阵亡战士在信中叙述了他们一次夜间偷袭行动："我们像一些影子似的进行偷袭，夜也成了我们的一道屏障。"③ 因为被袭击者在夜里睡得很沉稳，因而遭遇到如同宰牲口般的全军覆没。虽然这名战士在另一次战斗中牺牲，但是"我"很难把这个肢体娇嫩的擅长写诗的人同他的屠杀行动联系起来。"我"无法同情这个如同姑娘般柔弱美好的战士的牺牲。

《七个被绞死者的故事》（或译作《七个被绞死的人》）的事件发生在冬末，距离春天已经不远。这部中篇小说是安德列耶夫在俄国反动统治最为猖獗的时期写的，并且是在深受"托尔斯泰的政论文《我不能沉默》的影响下写出的"④。作者用自然时间"冬末"暗指黑暗的统治即将结束，人民的胜利就在不远。

情节都是按照物理时间发生的，五个恐怖主义者被发现后，周三接受审判，周四与亲人见面，周五清晨他们被执行绞刑。小说《七个被绞死者的故

---

① 赵晓彬.悲剧与崇高：布宁小说中的酒神崇拜思想[J].当代外国文学，2013，(2).第46页.
② 列·尼·安德列耶夫.加略人犹大/撒旦日记[M].何桥译.新星出版社，2006年.第85—86页.
③ 安德列耶夫.安德列耶夫中短篇小说集[M].靳戈译.译林出版社，第105页.
④ 安德列耶夫.七个被绞死的人[M].漓江出版社，1981.第343页.

事》开篇讲述刺杀部长的时间被预期在"下午一点钟"即十三点,文中重复了这个黑色的数字多次,这个时间如同警报一样在部长耳边回荡,"下午一点钟不久前还和其他钟点没有丝毫区别,无非是金表上的指针沿着刻度盘平静移动时所表示的一个时辰,而现在却突然变成了一种必然应验的凶兆"。① 这个时间如同黑色的界标将他的生活分成了两部分,生存与毁灭。这个预定的死亡时间使他恐惧,他感到死神就在屋子角落窥视他。虽然年轻时也有过自杀的冲动,不久前还大病一场,但他都躲过了劫难,虽然奸细已经得到情报,他这次也不会被暗杀,但是这个死亡订购的具体时间还是让他害怕,迫使他对自己的生活进行了思考。这样确切的暗杀时间,让他想到总有一天他会被杀死,但是哪一天现在还不知道。他不再担心明天的暗杀,"他现在担心的是某桩意想不到但是却必然会发生的事,譬如中风、心力衰竭,或者某根失却了弹性的纤细脆弱的动脉血管突然经受不住血流的压力而破裂,就像紧紧绷在粗大的手指头上的手套突然线脚断掉,绽开了一样"②。部长由这个确切的黑色界标十三点钟想到自己的必然结局死亡,此时不管拥有多么显赫的头衔也不得不让位于即将到来的死亡。

人的一切活动均在物理时间矢量轴中完成,而物理时间是不以人的意志为转移的,安德列耶夫的物理时间自成一个完整封闭体系,把主人公放置在白天、傍晚与黑夜这样更迭变化的时间当中,将叙事气氛由宁静平和逐渐变得紧张而恐怖,为主人公的悲剧结局打下伏笔。同时,作者也告诉读者,死亡犹如单向的时间不可逆转。

安德列耶夫小说中的时间范畴成为哲学审美范畴。中篇小说《瓦西利·菲韦斯基的一生》并没有指出事件具体发生的时间,只是在叙述者的注解中有关于铁路的事件。可以猜想到故事发生在 19 世纪末 20 世纪初。作者叙述了主人公的生活,但缺少历史决定性的事件。时间的不确定性使得读者想到命运的力量和权力,时间的计算可以从任何方向上。神甫妻子承认不可预料的事情会发

---

① 安德列耶夫. 七个被绞死者的故事/安德列耶夫中短篇小说集 [M]. 译林出版社, 2000. 第 123 页.

② 同①, 第 126 页.

生，她相信命运的实质和灵魂不朽，"以前我不怕死，而现在我怕死"①。

从情节发展节奏来看，《瓦西利·菲韦斯基的一生》中，某些灾难发生在宗教节日期间，因而可以得出结论，上帝本身并没有对抗着恶，并没有解救深受痛苦的人们。或者在恶面前上帝也退缩了，或者他不是善良的。瓦西利突然爆发出一种强烈的为教民服务的愿望，他大声叫道"我相信"。神甫太太害怕说出预计的出发时刻：她试图对厄运隐瞒这个时间，因为她害怕命运听见他们的秘密再次陷害他们。神甫太太生下白痴的时间为主显节："主显节的夜晚，神甫太太顺利生下一个男孩，也取名叫瓦西利。他长了一颗大脑袋，两条纤细的腿，在远远的眼睛的呆滞目光里似乎有一种异常笨拙、痴呆的表情。神甫和神甫太太在恐惧、疑虑和希望中度过了三个年头，三年过后才明白，这个瓦夏生下来就是白痴。"② 主显节是（俄历1月6日）"纪念耶稣基督在约旦河里接受先知约翰洗礼的节日。这一天往往举行基督教的入教仪式，新生儿在命名日受洗。在主显节当天，人们除了去教堂祈祷外，还要到河里破冰取圣水。"③ 这个节日是人们为了庆祝救世主耶稣降生为人之后，首次为世人显露神迹，俄罗斯人很重视这个节日。作家故意选取在基督教的重要庆祝日这天，让可怕的白痴降生，无疑这里具有否定色彩，似乎暗示我们善与恶总是如影随形的。

时间向前运动——厄运不断降临在瓦西利家中。作者把时间的表现形式变形为小说的悲剧要素。厄运如同沉重的摆锤，敲击着瓦西利的生活。有时让人感到相对平静的生活也不会有所安慰，因为灾难早已等在前方。似乎平静越是延续，打击就越是沉重。作者用这些艺术方法来创造时间形象，影响着描写事件的发展进程。

二、心理时间

被亨利·柏格森称为绵延的时间（所谓"绵延"的时间也就是我们通过直觉而感知的时间），即为"心理时间"。心理时间是个体对时间的主观表征，

---

① 安德列耶夫. 瓦西利·菲韦斯基的一生/安德列耶夫小说戏剧选［M］. 外国文学出版社，1984. 第74页.
② 同①，第88页.
③ 张文莲. 多姿多彩的俄罗斯节日［J］. 俄罗斯中亚东欧市场，2008，(5). 第53页.

可以揭示人物的心理，时间被感知的快与慢揭示了不同的心理状态，客观时间与心理时间存在反差，形成艺术张力。安德列耶夫以这种方法使我们理解犹大的内心斗争，遭受的痛苦和委屈。

时间加快了步伐。当犹大决定出卖耶稣的一刻，他内心感到时间过得是如此之快。时间没有改变自己的运动，不能按照他所希望的那样变慢。"时间冷漠地流逝着，三十个银币就放在石头下，可怕的变节时刻无可挽回地渐渐在临近。"① 耶稣所剩的时日，从被放在石头下的银币开始倒计时。随着这可怕的日子来临，时间又加快前进了。"已不能用几天，而要用短促的倏忽而过的几个小时来衡量。已经是晚上了，还有夜的岑寂，大地上躺着长长的影子——当悲伤而严厉的声音传来时，在眼下这个伟大的激战之夜，这些黑影是最先射出的利箭。"② 犹大心中所感到的时间已不能和客观时间相吻合，他热爱耶稣，希望自己的导师活着，可是时间不动声色，麻木地朝前走着，预示着什么也不能改变大地上最瑰丽的死——神人的死。

时间凝滞了。当那可怕时刻到来前，犹大却又感到时间重新停滞了："耶稣打算上橄榄山，月亮已经升起来了，他将在山上度过自己整个临终的夜。但不知为什么，他磨磨蹭蹭，所有打算动身上路的门徒在催促他。"③ 耶稣缓慢的动作使人感到大自然、大地、犹大和耶稣都希望一切可以改变，他们并不想产生这样的悲剧。此外，安德列耶夫还通过彼得的梦预示了可怕时刻的来临：彼得在睡梦中似乎看见了白色的东西在自己上方，一个人对他说了什么随即又消失了，在模糊的意识中没留下什么痕迹。耶稣被捕与彼得做梦放生在同一时刻。读者似乎希望彼得从睡梦中醒来，但其仍然停留于其中。而耶稣的其他门徒在导师牺牲前还在睡觉，可见，他们心中并无耶稣，他们是伪弥赛亚。这在作家看来，犹大才是真正的弥赛亚。正如《圣经》中说："被召的人多，选上的人少。"④ 当门徒们醒来，一切已经变得混乱。"很可怕的混乱来了"，正是在"混乱"中重建一切。喊声、吵闹声、武器叮当声，人们抓着、推着。在

---

① 列·尼·安德列耶夫. 加略人犹大/撒旦日记 [M]. 何桥译. 新星出版社，2006年. 第114页.
② 同①，第116页.
③ 同①，第117页.
④ 马太福音22：16.

这片混乱中，犹大默不作声，严肃得如同在庄严与伟大中死去的耶稣。他的内心在呻吟、轰鸣，数千种狂暴声音在喊叫。时间又停止了。"夜在延续，篝火微燃"，这是暴力与全世界罪恶的夜，这黑魆魆的夜象征基督耶稣的深远痛苦。

安德列耶夫在描述犹大出卖和耶稣被钉在十字架上的情景，还突出了另一种心理时间，即宗教仪式时间。在这段难熬的时间里，当锤子举起，对耶稣行刑时，犹大"闭上了眼睛，他久久地无法喘息。他看不见，也活不得，只能侧耳听"①。让人感到时间几乎停止，"让人想用双手去推搡，用脚踢它，用鞭子抽它，像抽一头懒驴。时而，时间疾驰，像从山上飞驰而下，让人喘不上气来，双手只是白白地在找着支撑"。② 安德列耶夫向我们展示了犹大所理解的这个可怕时刻，描写了犹大与耶稣不仅共同参与了受刑，而且一同感受着痛苦。犹大似乎停止了存在，他死了，不是身体，而是精神死去。作者通过这种对时间的描写，传递的不仅是主人公的痛苦感受，也有作者与读者的感受。

莫里斯·梅洛-庞蒂认为，"如果我们把客观世界和朝向客观世界的有限视角分开，如果我们把客观世界确定为自在的，那么我们在客观世界中只能发现诸'现在'"③。这种存在意义的心理时间不被规定，是自由的。人类却可以在心理时间的范畴里找到心灵的永恒居所。心理时间"存在于人的主观意念之中，它能够把客观世界在人的意识中留下深刻印象以及产生审美共鸣的部分定格下来，让它在人的大脑中随着阅历的增加不间断地繁殖或者周期性地重现，把历时的事件组合为共时的图景"。④ 犹大深深地爱着导师，他能够与耶稣共同体验痛苦，为真理向死而生。

耶稣存在的价值最终实现了，而犹大的职责"使耶稣死去"也终于完成，"安葬和纪念碑之后而来的是纪念"⑤，麻木的人们会在耶稣离去后得到反省。时间完全听从于犹大，世界变得那么渺小，现在整个大地屈服于他，他不急不忙地走着，"他继续迈着平静而威严的步伐。时间既不超前，也不落后，温顺

---

① 列·尼·安德列耶夫. 加略人犹大/撒旦日记［M］. 何桥译. 新星出版社，2006. 第129页.
② 同①，第130页.
③ ［法］莫里斯·梅洛-庞蒂. 知觉现象学［M］. 姜志辉译. 商务印书馆，2003. 第472页.
④ 同①，第28页.
⑤ M. 巴赫金. 巴赫金文选论［M］. 佟景韩译. 中国社会科学出版社，1996. 第444页.

地跟他一起移动着自己整个庞大的身躯"。① 埃翁啊，你这个 "永恒时间的化身"②，不得不匍匐于犹大脚下，与犹大同在。犹大驾驭了时间，真正的时间概念只能 "从此在的时间性及其到时才能够理解"③。

在《七个被绞死者的故事》中，与其他六个受审者不同，茨冈诺克在处决前的十七天觉得时间飞快："这十七天，对他来说，快得就像一天，一晃就过去了。这是因为他脑子里一直不停地在想着怎么越狱潜逃，怎么死里求生，所以在不知不觉中，时间飞逝而去。"④ 茨冈诺克对生命极其留恋，他不想死，整天摸摸这敲敲那，只想着怎样越狱，逃离死亡。他清楚地明白，死刑是迟早的事，他要在死亡来临前有所行动。他对肉体生命的留恋，使他觉得时间飞快。

心理时间正是将空间时间加以变形的结果，它首先要以物理时间作为前提，或将其延长或缩短，而这要取决于主人公的心理感受。在安德列耶夫这里，心理时间是比空间时间更真实的存在，它可以体现人物的复杂心理过程，作为主人公心理状态的基本维度。

第二节 《加略人犹大》的死亡与空间范畴

在柏拉图看来，空间是把 "万物容纳于自身的普遍形式，它吸收万物于自身却不具有万物的特征"。在《蒂迈欧篇》中，柏拉图把空间比喻成子宫，认为进入其中的事物皆有所改变。这种把空间比作容器和仓库的比喻，一方面反映了古代女性神话对柏拉图的深刻影响，另一方面也表明，既然空间能包容一

---

① 列·尼·安德列耶夫. 加略人犹大/撒旦日记 [M]. 何桥译. 新星出版社，2006. 第131页.
② [苏联] М.Н. 鲍特文尼克，М.А. 科甘、М.Б. 帕宾诺维奇，Б.П. 谢列茨基（编著）. 神话辞典 [M]. 黄鸿森，温乃铮译. 商务印书馆，1985年. 第43页.
③ [德] 海德格尔. 存在与时间 [M]. 陈嘉映，王庆节译. 生活·读书·新知三联书店，1987. 第499-500页.
④ 安德列耶夫. 七个被绞死者的故事/安德列耶夫中短篇小说集 [M]. 译林出版社，2000. 第146页.

切客体于自身，它本身就不是客体，它成了一切可见事物得以存在的不可见的前景，因而也是一切知觉过程不可见的先决条件"①。亚里士多德则认为："空间属于量的范畴，它只能用物体或固体的广延来衡量，它随着物体的延伸而延伸。在《物理学》中，他还用'地点'一词来表示一个物体同另一个物体之间的空间关系，并认为宇宙有一个中心点，其所包容的万物聚集于这一中心点之外，并围绕其运行，这种看法为托勒密地心说的提出奠定了理论基础。"②而与地心说相对立的观点即哥白尼的日心说，他的日心说"在空间思想发展史上具有里程碑意义，它使人们从封闭的世界走向开放的宇宙，并逐渐形成了宇宙空间无限巨大而不可度量的观念"③。而海德格尔着眼于日常在世的空间论述，提出了生存论空间观，他的空间性在"生存活动中展开"④。

在空间性上，安德列耶夫既追求一种客观的物理空间，也不乏对主观概念意义的空间的追求。洛特曼认为"空间"是具有"类似性质"的客体的抽象总和。物理空间即为上下、左右，前后位置，这是一种物理意义上的空间。主观概念意义的空间则是人们借助空间来表达的抽象概念。作家无论描写居所，还是耶稣与犹大之间的相互关系，都在有意突出"界限"一词。

一、房屋的描写

安德列耶夫对房子描写情有独钟，他的房子意象通常参与小说情节的发展。作家的房子不仅仅以家庭为基点，这里汇聚着各种人，房子如同浓缩的宇宙。房子与居住于其中的主人密不可分，房子印证着主人的社会特征和心理结构。

1908年安德列耶夫和他的第二任妻子安娜·伊里英娜·德尼谢维奇结婚。安德列耶夫将新家安在芬兰黑溪，房子很快建完了。据安德列耶夫的好友、剧作家Ф. Н. 法里可夫斯基回忆："芬兰山岩上的这一方土地变成了列昂尼德·安德列维奇的世界、他的故乡、他的家园；他把自己成员众多的家庭、自己喜

---

① 靳凤林. 死，而后生 [M]. 人民出版社，2005. 第224-225页.
② 同①，第226页.
③ 同①，第225页.
④ 同①，第226页.

爱的东西和自己的图书室都汇聚到了这里，他不愿意离开这个自己主动选择的监牢，只在不得已的情况下才去彼得堡或莫斯科处理几天戏剧方面的事务……他在那里都不作停留便要赶回来，赶回自己的家，他的家布置得豪华舒适，收藏着几百件心爱的小物件，它们中的每件都有一根无形的细线连接着他的大脑和心灵……。"①

《沉默》中，神甫家的房子被寂静、恐怖、冷漠和孤独所笼罩，房子具有了牢笼的意象。而《在地下室里》，与地上的人们分离开的穷苦底层人，在这样贫穷、污浊的环境中生活的人与死亡的身影更为接近。《红笑》中，哥哥和弟弟的房子远离战争，仿佛在这里可以找到得以喘息的机会，可以让人们找到安身之所，暂时远离死亡。《人的一生》中的引人注目的十五间房子，在人富有时房子是富丽堂皇的，而当他穷困潦倒时，房子变成了空城，老鼠满屋乱窜。

在小说《大满贯》中，大家都聚在普罗科皮·瓦西利耶维奇家中打牌，他的房子很宽敞，这里只有他和妹妹还有一只大白猫共同生活。这里大白猫的出现也预示了死亡的出现，因为作家经常把猫与死亡放在同等位置。② 作者如同告诉我们，房间里死神早已在人们身旁静候。虽然房子常常有另外三个牌友光顾，但是即使是打牌时屋子也是一片寂静。这个房子聚集着孤独与冷漠，人们彼此往来并不多，相互也不甚了解。只是为了打牌而偶然凑到一起，先是大白猫在房子中死去，而后牌友尼古拉·德米特里耶维奇即将大满贯时的意外死亡，使得房子具有了神秘的意象，充满了命运的偶然性，房间流溢出让人无法掌控的气息。而在尼古拉·德米特里耶维奇死后人们都不知他的房子在哪里，具体住所其他三个牌友谁也无法搞清。不可知的地址，一方面表现人们彼此的冷漠，另一方面如同生命的无常，总是令人始料不及。

《加略人犹大》中作者多处对房屋进行描写。"房间不再是监禁的象征，

---

① 阿列克谢·波格丹诺夫. 墙与深渊之间——列昂尼德·安德列耶夫的生平创作［Z］. http：//www.douban.com/group/topic/29484358/

② 在《贼》中，跳火车而死去的尤拉索夫曾经在花园因偷盗而躲藏起来时，也见到一只灰色的猫。而《瓦西利·菲韦斯基的一生》神甫瓦西利的被淹死的儿子曾因为猫咪吃了小鸽子，他就欺负猫。

而是一种'力量'的象征,是成长和完善自我的地方"。① 我们知道,房屋是一种空间意象,表示"中心,人的内宇宙"②。小说中,犹大总是与人争执,总是思考着自己的事,像个蝎子静静地溜进屋子,而从屋子里出来时又吵吵嚷嚷。屋子中的犹大是内部的犹大,安静,善于思考;而屋子外的他则表现得让人讨厌。外部世界引起了他内心恐慌。"屋子"这个内部世界在各个方向都是封闭的,没有方向所指。屋子里与屋子外是两个矛盾的世界,"屋子"为界限,将犹大与其他门徒分开,作者有意以此强调犹大与众不同。屋子外的门徒之所见犹大不是真正的犹大,正如巴赫金所说:"通过这个虚构的他人的眼睛,不可能看到自己的真正面貌,而只能看到自己的假面。"③ 房子具有了表现丰富的内心世界的意象。

安德列耶夫描写了耶稣被捕后被关押的房间,暗示了刽子手们的时空已经崩塌。耶稣的发光的、无限的空间对抗着"狭小的、污浊的房间,如同世界上所有的卫兵室一样,地板满是痰迹,墙壁就像被脚步践踏过一般油亮亮的污迹斑斑"。④ 人们就是在这样的屋子里残忍地毒打了人子。房间一方面是客观现实,另一方面是被作者所想象的世界。安德列耶夫以这种方式强调了人的内部空间,那些把手举向基督的人是什么样的,这些人不知道痛苦和对亲人的怜惜。狭窄、低矮的房间,满是痰迹与油污,这是几乎不可能洗刷掉的污垢。这样的房间是这些思想被蒙蔽的粗野的人的思想。混乱的场景意味着这些刽子手精神早已死亡,只有"耶稣的死"才能唤醒人们精神回归。与此类似,小说《省长》中,省长的办公室肮脏不堪,就连和外界相通的玻璃都有指头印子。"上等的压纹墙纸已经熏得黑乎乎的,脏得一塌糊涂。从糊着墙纸的壁炉的铜风门上流出黑黄色的水印子,就像从窝囊的老头子嘴里流出的口涎。冬天,在人多灯暗的时候,这一切都没有被注意,但现在这种装饰上的破败景象就显得非常刺眼和令人气愤……家具也是昂贵的,但是用久了,磨损了,落满了灰

---

① Rose, Ellen Cronan, Doris Lessings CittáFelice. CriticalEssays on Doris Lessing [M]. Eds Claire Sprague and VerginiaTiger, Boston, Mass: G K Hall, 1986: 141.

② Юдин А. В. Русская. народная духовная культура [M]. М. Высшая школа, 1999г. с. 200.

③ М. 巴赫金. 巴赫金文选论 [M]. 佟景韩译. 中国社会科学出版社, 1996. 第371页.

④ 列·尼·安德列耶夫. 加略人犹大/撒旦日记 [M]. 新星出版社, 2006. 第122页.

尘，非常像主人暴死之后，由几个吵闹不休、吊儿郎当的继承人管理的上等饭店的一个房间。"① 作者以如此细致的笔调来描写省长及他的若干前任省长都是在这样肮脏的环境办公的。用环境状况来反映人的内心与行为的事例在中国也是有的。如东汉时期的薛勤曾经质问陈蕃："一屋不扫，何以扫天下？"寓意在于，小事都做不好的人难成大事。《省长》中，办公室就是藏污纳垢的地方，在这里的历任省长，他们的心灵犹如室内肮脏的家具一样卑鄙龌龊，这样的空间正是他们污浊不堪的精神世界的反映。

作家在《人的一生》中对"人"居住的房子的描写是变化的，这一变化体现了"人"的社会地位和精神道德的改变。《序曲》是这样描写"人"的房子："一个类似正方形的大房间，空空荡荡，没有门，也没有窗户。室内的一切都是灰色的、烟色的、单一色彩的：灰色的墙壁，灰色的天花板，灰色的地板。"② 没有门和窗户的房间，并且整个房间色调是灰色的，没有任何鲜艳色彩，让人心情压抑，感觉不到这是某个具体的人的生活空间，无法与平常我们所见的人的房间联系起来，作家用空荡荡的灰暗房子概括了人生虚无主题。而在接下来的第二幕，"人"和妻子贫困潦倒的青年时期，他们的房子是这样的："一间天花板很高，很寒伧的大房子。粉红的墙壁，十分平整，几个地方覆盖着由灰斑交织而成的富有幻想色彩的美丽图案。右面墙上有两扇很高的镶嵌八块玻璃的窗户，没挂窗帘。窗外是夜色。两张铺设简陋的床，两把椅子和一张没铺桌布的桌子，上面放着一只盛水的破罐和一束鲜艳的野花。"③ 粉红的温馨的墙，有些地方绘制了美丽的图案，虽是破旧的房子，但处处体现温暖，作家通过房子的装饰风格表现了"人"贫穷的时期，这时不仅"人"和妻子相亲相爱，而且热心的邻居也常常不图回报真诚地帮助他们。

第三幕《"人"的舞会》中，房子发生了翻天覆地的变化。"舞会在'人'的宽大宅第中一间最好的大厅里举行。这是一间很高大的正方形房子，十分平整的白墙和白色天花板，地板发亮。屋里各部分在尺寸上有些不合比例

---

① 安德列耶夫．省长/七个被绞死的人［M］．漓江出版社．1981．第248页．
② 安德列耶夫．人的一生/安德列耶夫小说戏剧选［M］．外国文学出版社，1984．第447页．
③ 同②，第465页．

第二章 时空叙事中的死亡事件

——门与窗户比起来小得不相称,因而,这大厅给人以奇特的印象,令人觉得刺眼——有些不协调的、独出心裁的、格格不入的多余东西。一切都笼罩在白色的冷光中,只是后墙一排窗户打破了这房子的单调感。这些窗户很高,几乎到天花板,彼此紧挨着,被黑夜衬托得黑黢黢的。在窗框的空洞里没有一线光亮,没有一个光斑。'人'的阔绰表现在家什多半是金的。有几张镀金的椅子和几个十分宽大的金画框,这是高大厅堂里仅有的家具和唯一装饰。房间由三只环形吊灯照明,上面装有间隔挺大的、稀稀落落的烛形电灯。靠近天花板的地方十分明亮,下面的光线则弱得多,以致墙壁看上去像是浅灰色的。"① 第三幕,"人"所居住的房子同第二幕相比,曾经的粉红色的墙消失了,取而代之的是冷冰冰的白色的墙和白色的天花板。但是明显多了金黄的色调,表现"人"生活的富足,财富急剧增加,社会地位明显提高。但是在光亮的色彩下面,却显露出灰色,作者要指出的是在"人"最为得意的曼妙时刻,灰暗的不幸(死亡)其实已经逼近。因为在舞会上,不但有"人"的同路者还有"人"的敌人。这一时期房子的空间意义表现为不协调,门和窗子比例失衡,标志"人"身上美好的天性遭到破坏,"人"赢得了财富却如同燃烧着的蜡烛,不断在消耗自身,走向灭亡。

第四幕《"人"的不幸》中,开篇作者交代房子变成了"阴森的大房间;平整而灰暗的墙壁,同样的地板和天花板。后墙有两扇八块玻璃的窗户,没有窗帘,两扇窗户之间是一扇低矮的门。右面的墙上也有这样两扇窗户。窗外夜色苍茫,门一打开,漆黑的夜便立即向室内张望。一般说来,不管灯光多么明亮,'人'的房间里那些黑黢黢的大窗户总是吸收光线。左侧墙壁上只有一扇通向内室的矮门,靠墙摆着一张包黑色漆皮的宽沙发。右侧靠窗处放着'人'的书桌,这是张十分普通、寒伧的桌子……在比别处更暗的那个角落里,名字叫'他'的穿灰衣服的某人站在那里。"② "人"又变穷了,连窗帘都没有了。

第五幕《"人"的死》中,"人"坐在酒馆里:"又宽又长的房间,天花板很低,墙上没有一扇窗户。有一扇沿扶梯从上面通下来的入口。墙壁平整,

---

① 安德列耶夫. 人的一生/安德列耶夫小说戏剧选 [M]. 外国文学出版社,1984. 第485页.
② 同①,第499页.

但晦暗、肮脏,很像一张满是污斑的粗糙的大兽皮。"① 在酒馆中,酒鬼们不断重复"人有十五间房子,可是都是空的,只有老鼠在那窜来窜去和撕打"。这十五间空房子是对"人"最大的讽刺,拼尽一生力气获得的荣华富贵,转眼成空,妻子、儿子全都死去。自己在晚年也不愿一个人留在空空的房子中,整天挤在肮脏的小酒馆。从小说序曲到最后一幕"人"的死去,作家用房子状况的不断变化反映了"人"的生活起起落落,最终还是走向虚无的一生。

《瓦西利·菲韦斯基的一生》中,瓦西利神甫家由于一场大火房子毁掉了,妻子也因此而丧命。而房子的毁灭,在瓦西利看来正是上帝的旨意:"有一只强有力的手指出一条笔直的坦途。这只手通过灾难的试练,强令他离开家园,抛下亲人,摆脱人生的烦扰,去建立伟大的功绩,做出伟大的牺牲。"②在瓦西利看来,房屋被毁、大火、妻子的离去,这一切都是上帝在考验他,并向他发出启示:不要再偏离上帝的正路了。在送走女儿之后,他与白痴儿子在一起居住,他们生活在一所新盖起的房子中,"只有一半装修完毕,上了屋顶,另外一半还没有顶梁和盖板,也没有上窗框,同住人的那一半连接起来,就像一副骨架贴在活人身上似的。到了夜里,看上去如同被废弃的破屋,十分可怕"。③ 瓦西利就是和白痴儿子共同生活在这样的常有水流进屋子的如同"臭水坑"的房子中,过着与世隔绝的生活。神甫之所以没把白痴送走,正是因为把他看成自己犯下的罪孽,自己应该背负这样的罪,在犹如洞窟般的破房子中,进行精神净化。他无声地向上帝倾诉自己的虔诚信仰,希望这种苦行僧的生活能让上帝接近自己,希望自己能够做出伟大功勋。他和白痴在冬夜就蜷缩在这栋破房子中,空间进入了哲学审美范畴。封闭或敞开的空间往往对塑造人物形象特点具有一定意义。安德列耶夫早期小说体现了人物凄惨的命运,人只有在自己的意识中才是安全的,有价值的。小说中不同寻常的冲突迫使作家寻找人的内心状态与空间的另一种依赖关系。小说主人公的情绪和行为同空间特点相联系。神甫妻子藏在了用百叶窗严密地遮挡着的房间里,是为了获取相对

---

① 安德列耶夫. 人的一生/安德列耶夫小说戏剧选 [M]. 外国文学出版社,1984. 第516页.
② 同①,第134页.
③ 安德列耶夫. 瓦西利·菲韦斯基的一生/安德列耶夫小说戏剧选 [M]. 外国文学出版社,1984. 第140页.

的平静。"太阳当午的时候，神甫太太总是砰的一声关上自己屋里的百叶窗，躲在暗处喝个烂醉，借每一杯苦酒痛楚地追念幼子的亡灵。"① 瓦西利常常在敞开的空间里，如在田野里，他遭受着恶的威胁，整个人都在迎接打击。神甫在房间里，教堂里可以获得相对的平静——在同那些人进行精神交往中，曾有个时刻他感到被救世主所召唤。他企图找到不受救世主所控制的地方，用墙包围起自己，使得厄运看不见他。主人公自我欺骗的悲剧性在小说结尾处加强了声音。可以用来遮风挡雨"拯救"人的房子因大火而毁灭，牧师的妻子也被烧死了。在教堂里瓦西利未能救活谢苗而受到致命打击。"于是他狂叫着向大门奔去，但是找不到门；便到处乱窜，捶打墙壁和尖棱的石块，同时号叫着。"② 瓦西利极力跑出教堂，在没有遮蔽的空间中他因预感到不可避免的灾难而恐慌。"天崩地裂了。从那里，从一团烈火般的飞旋的混沌里，冲出来一阵阵雷鸣般的笑声、爆裂声和狂欢的喊叫声。"③ 在敞开的空间里，命运的权力是无限的，所以瓦西利的妻子拥有一个不知去往哪里的想法，她只知道应该去很远的地方，远离这个可怕的世界。瓦西利本人也在幻想去一个很远的地方，但他不知道要去哪里。瓦西利总是幻想着逃脱厄运，但是无论在封闭的空间中（白痴儿子——房间里厄运的活的体现）还是在敞开的田野，他都无法安宁。

安德列耶夫作品中房子的范围扩大了，不仅包含人居住的房子，还有鸟笼。《沉默》中"鸟笼"在小说中出现了两次。当神甫埋葬了女儿之后，回到家里发现妻子没有任何表情，呆呆地躺在床上。神甫走到客厅看到了窗户上挂着的鸟笼子，但里面是空的，金丝雀不在里面。问过厨娘后才知道是她把鸟给放了。神甫不解为何要放掉，厨娘呜咽着说："小姐的魂能留得住吗？"④ 薇拉已经死了，而小鸟如同她的魂灵随着肉体的消亡而被放飞。"每天早晨和午祷之后，伊格纳季神甫总要到客厅里来，向那只空鸟笼和屋里所熟悉的摆设环视

---

① 安德列耶夫. 瓦西利·菲韦斯基的一生/安德列耶夫小说戏剧选 [M]. 外国文学出版社，1984. 第77页.
② 同①，第172页.
③ 同①，第173页.
④ 同①，第34页.

一遍，然后坐在安乐椅中，闭目倾听这屋里的沉默。这有点怪诞。鸟笼静静地、温和地沉默着，这沉默令人感觉到悲伤、眼泪、遥远的死去的笑。"① 鸟笼是关押小鸟的工具，阻断了小鸟与大自然的联系，使鸟不自由。这里的鸟象征薇拉，她以死冲破牢笼，如同获取自由的鸟，飞翔于大自然中，与大自然融为一体。虽然薇拉肉身已毁，但灵魂重获新生，这是对死亡的超越，她以死亡冲破了孤独的牢笼。因为自己的骄傲，不妥协于生活（那种绝对的孤独），她无法在这个充满沉默和空旷的房子里生活，薇拉自由了，最终只剩下伊格纳季神甫一个人去享受可怕的孤独。加缪论述了自杀的哲学意义，自杀与人的价值意义和最终本质联系起来，它把一切思考对象驱除在自我重要性的位置之下，它上升为最重要的本源问题和首先问题。加缪哲学的重心是在探讨荒谬，他认为，"荒谬是世界的本源和事物的根本属性，人生不过是一场荒谬的游戏。人面临苦难、灾祸、空虚等患难境遇，感到生存失去意义，体验到偶然性的荒谬力量，这就滋生一种荒谬感，这种感觉和求死意识相互沟通"②。然而，加缪并不是鼓吹当人面对无法解决的难题时便去自杀，而是希望人能够战胜荒谬，建立合理的社会秩序。

与房子相关的门也是安德列耶夫关注的焦点。门可供人进出房间，防止盗贼进入，但是在安德列耶夫笔下"封闭的门"有独特意象，作者认为在封闭的门后总是隐藏着主人公生活的秘密。"他创建了讽刺文章，描写关闭的门的不可战胜的力量和权力。"③ 安德列耶夫常常用门来表现"孤独和封闭的空间"。《贼》中主人公费德尔·尤拉索夫偷到了钱之后，立刻躲到火车的厕所销赃并数了数偷到的钱。对于火车中的乘客来说只有厕所是封闭的空间，只要把门关上并用门闩插上门，就可以在里面完成隐秘活动。"在厕所里，尤拉索夫数了数偷来的钱，共二十四个卢布还带点零头，他嫌弃地翻来覆去看着钱包：是个旧的，沾满了油污，也关不上，可是它却发出一股香水味，似乎这钱

---

① 安德列耶夫. 沉默/安德列耶夫小说戏剧选 [M]. 外国文学出版社，1984. 第35页.
② 颜翔林. 死亡美学 [M]. 学林出版社，1998. 第123页.
③ М. А. Телятник Фельетоны Л. Н. Андреева о театре Корша в газете " Курьер" [J]. Русская литература，2011，(3) стр. 163.

包长期用在女人手里。"[1] 被关进门后的他进入了贼的职业角色，鬼鬼祟祟，贪婪。可是当他回到车厢时，便觉得"自己不是那个因为犯盗窃罪三次判刑坐牢的农民费德尔·尤拉索夫，而是堂堂正正的姓瓦利切名叫盖利赫的德国人"[2]。贼穿着体面的衣服，有时还讲法语，故作绅士，门外的绅士和门里的那个贼判若两人，体面的外套下面隐藏着贼的慌张和贼性。贼特意给自己买了二等客车软席座位，可是在这里他处处感到不自在，人们冷漠的态度，令他感到孤独。他在这里待不下去，大步走出车厢，完全不是刚才那个仪表堂堂的德国会计师的状态了。他冲出了令他窒息的二等车厢，来到车厢连接处，身子紧靠着车厢门闩。他看到了"正有一轮火红的太阳缓缓落下山去"[3]。他本该属于三等车厢，可他想像一个真正的绅士选择进入二等车厢，但是只待了一会就感到痛苦，此时的他选择了站在分割空间等级的门旁。但是乘务员粗暴地告诉他不可以站在这，而且乘务员还怒气冲冲地把门带上了。"他觉得这一切：粗暴的语言，愤怒的关门声，都是来自车厢里有权有势的人物。"[4] 此刻的门充当了权势的帮凶，把地位低下的人拒之门外。接下来，贼便打开一扇扇车厢门一直朝前走着，通过三等车厢要经过人们横七竖八的腿，有一次他还被两条粗暴的腿挡住了车门，好不容易才从门缝里挤出去，本以为通过这扇门就到了车厢平台，其实是车厢的另一部分。尤拉索夫"弓着腰走向另一个黑洞洞的无声无息的车门"[5]，他来到了头等车厢，但情况和先前一样他仍旧不受待见。于是他又穿越几节车厢，经过"数不尽的难以对付的车厢门和车厢里那些凶狠地纵横交错的大腿"[6]，他被恐惧和孤独逼得无路可逃，他来到了最后一节车厢，"尤拉索夫把横在车厢入口处的铁条启开抛向一边，接着跳向了邻近被灯光照得闪闪发亮的钢轨上"[7]。他终于找到了栖身之所，跳过这扇权势孤独之门回

---

[1] 安德列耶夫. 贼/七个被绞死的人 [M]. 漓江出版社出版，1981. 第215页.
[2] 同①，第215页.
[3] 同①，第220页.
[4] 同①，第222页.
[5] 同①，第233页.
[6] 同①，第234-235页.
[7] 同①，第236页.

归自由。恐惧突破了他心灵的最后一道防线，就像这车厢入口处的铁条被打开。上车后贼曾主动和人们聊天，可是都被冷漠的门拒之在外，孤独让他疯狂，把他逼向了绝路。

《省长》中当省长下令射击后，"就这样，他迈过了什么东西，似乎是一道不见形迹的高门坎，接着身后的铁门就咣当一声锁上了——无路可回了"①。从省长挥动手帕的那一刻起，就意味着他踏上不归路，因为他的命令死伤了很多人，虽然他也是迫于无奈按照上级预先指示的去办事，但是对死亡他有着不可推卸的责任。而后全城的人便将矛头指向省长，他在劫难逃，因而他身后的铁门锁上了，意味着他不再有退路。省长下令对工人射击后终日惶恐不安，一次他和官员从办公室回到自己的别墅途经城郊，沿途经过许多半塌倒的小土房，这里住着工人和穷人。当省长同官员谈论枪杀群众事件时欲言又止，"他紧紧按住官员的膝盖，转脸望着他，好像是一座原来房门紧锁、窗户钉上板子的房屋，现在门窗洞开了"②。当官员和他谈论起这里的路如何泥泞不好走时，他看了一眼仍旧没说什么："他的脸渐渐阴沉下来，又像是一座房屋关闭起来，房门紧锁，所有的窗户都钉上板子封死了。"③ 省长的欲言又止和沉默反映了其心理特征，对于残忍地杀害无辜群众他受到良心谴责但毫无办法，而见到这些破房子，他明白人民过着困苦不堪的生活，这与沙皇为首的昏庸政府、他们这些蚕食人民的官员是脱不了干系的，于是他关闭起恐惧的心灵，他不希望旁边的官员发现他的惶恐与自责。

《七个被绞死者的故事》审判时没有招出自己真实姓名的化名维尔涅的小伙子，"他一动不动地坐着，双手夹在两个膝盖中间，神态有些拘谨。如果一个人的脸可以像一道门那样关得密不透风的话，那么这个不知姓名的人正是把自己的脸关闭得像铁门一样，而且还挂了把铁锁。他的眼睛一直一动不动地盯着邋遢的地板，令人难以捉摸他的心情是平静呢还是激动，他是在想什么心事

---

① 安德列耶夫, 省长/七个被绞死的人 [M]. 漓江出版社, 1981. 第 210 页.
② 同①, 第 252 页.
③ 同①, 第 254 页.

呢还是在听密探们向法庭提供证词"。① 面对不公正的法律,维尔涅在审判时没有什么可辩解的,因此在脸上关上了一道门。正是关闭的这道门,让人更想了解他、猜测他。

安德列耶夫一生总是害怕紧闭的门,因为他常常相信,在门后有某种令他恐惧的正在进行着的事情。但与此同时,封闭的门是人的防守者、保护者和布道者。荷马的特洛伊战争中,木马进入封闭的城门,希腊人攻打九年也没有打开城门,木马腹中躲藏的希腊士兵打开城门,于是特洛伊沦陷了。封闭的门对于俄罗斯普通的人永远具有吸引力,门的后面是他们隐秘的心理状态。

二、由低到高的位移描写

纵观小说,犹大所处的位置有一个微妙的变化,是一个由低到高、从暗处步入明处的空间位移变化过程。安德列耶夫笔下的犹大经常处于深坑、黑暗的角落与峡谷之中。在一次犹大与彼得谈话后,他有意避开彼得,"躲到某个黑暗的角落,阴沉沉地坐在那,闪动着自己那只白蒙蒙的滚圆眼睛"。② 犹大躲到黑暗的角落,使自己与别人分开,用黑暗包围并保护自己,似乎只有思想与他同在。犹大的行动常常是这样的:"犹大爬着,慢慢地藏到门的暗处",犹大"从坑中爬出,他感到在光亮中自己古怪的头,而后眼睛不动了"。"角落、门后、深坑"——这些与"黑暗"相联系的物理空间,正是安德列耶夫的匠心独运之处。作者所选取的这些封闭的特殊空间,意在表现犹大不为人理解的深邃思想。黑暗笼罩着犹大,人们无法看清他,更无从解读他的灵魂与思想。

当犹大解救了耶稣及门徒,而没得到任何感激与夸赞后,他来到峡谷中,"在他身前身后,四面八方都矗立着悬崖峭壁,崖壁锋利的线条切开蓝色的天际,直插大地的灰色巨石到处林立,这里好像下过一场石头雨,沉重的雨滴在无尽的沉思中凝固起来。这道偏僻荒凉的峡谷就像一颗被砍落劈碎的头颅,峡谷中每一块石头都如同凝结的思绪,它们如此繁多,它们全在苦思冥想——深

---

① 安德列耶夫. 七个被绞死者的故事/安德列耶夫中短篇小说集 [M]. 外国文学出版社, 1984. 第130页.

② 列·尼·安德列耶夫. 加略人犹大/撒旦日记 [M]. 何桥译. 新星出版社, 2006年. 第88页.

沉痛苦、无边无际、坚持不懈地冥想"①。矗立的悬崖峭壁如同一道天然屏障，将心灵受到伤害的犹大保护起来，这座峡谷如同犹大的头颅，里面数不胜数的石头，正是犹大的丰富的思想，上面铭刻着犹大无尽的痛苦。

犹大死亡的地点是有意味的，他自杀的地点位于高高地鸟瞰着耶路撒冷的"山顶"。此时，他如释重负，勇敢地朝向死亡，无须再藏匿于黑暗之中的他坚定地向高处攀登，去寻找天堂中的耶稣。"世界变得那么渺小，他感到它整个都被踏在自己脚下，他遥望着在夕阳的余晖中渐渐发红的渺小的群山，觉得群山也在自己脚下。他望着大张着嘴巴的蓝色天空，望着圆圆的太阳，那太阳突然想要燃尽一切，想让人目眩神迷，他感觉天空和太阳也在自己脚下。他无比孤单又快意于这孤单，骄傲地体验到世上所有力量的无能，他把它们全都抛下了深渊。"②"山"象征世界的中轴，"山"通常与耶稣的教导相联系，犹大选择在"山上"自杀，表明他所追求的是天空，而不是大地。安德列耶夫通过对山的描写展现给我们犹大精神道路的改变。"人升高，趋向上帝，在这条道路上他获得了精神力量，他创造着价值。"③洛特曼认为人们借助世界上"最一般的社会的、宗教的、政治的模式来理解他周围的生活，这个模式不可避免地带有空间特点"④。犹大由喧嚣的平地来到清静的高山，物理位置改变了。犹大物理（地理）空间中这一运动具有"宗教—道德"意义，犹大的"地理上的旅行也就成了在宗教，道德系统图上的位移"⑤。安德列耶夫对空间描写的变化由地面到山上，这种空间的转换，表明作者对人物精神升华的理解：犹大从生前到死后所经历的精神上的升华。

无限的高空的空间意义。《飞翔》中，飞行员飞到了高空，完全脱离了预定目标，他获取了自由。这就是存在的本质，他是无限的、和谐的，在他那里没有生与死，没有美和丑，只有无边的广阔空间，一切融合在空间之外、时间之外。在绞刑前维尔涅看到的是真实的现实，感受到超现实图景，在超现实中

---

① 列·尼·安德列耶夫. 加略人犹大/撒旦日记［M］. 何桥译. 新星出版社, 2006年. 第93页.
② 同①, 第131页.
③ 别尔嘉耶夫. 自我认识［M］. 雷永生译. 桂林. 广西师范大学出版社, 2001年. 第61页.
④ Лотман Ю. М. Об искусстве［M］. С.-Петербург：Искусство-СПБ.1998г. с. 212.
⑤ 康澄. 洛特曼的文化时空观［J］. 俄罗斯文艺, 2006, (4). 第41页.

相互对立的事物是没有界限的，使人从局限中解脱出来。同最高的世界相联系，同绝对的自由相联系，取消了所有的区别和死亡。小说《飞翔》中也同样体现了这样的思想，主人公在试飞中看到了全新的世界，他感到自己和整个宇宙都是无边的，意识到了"我"脱离了肉体的制约和任何法则。航空灾难表示主人公肉体死亡，但是他是自由的，他同整个世界成为一体，他虽失去了肉体，但却获取了永恒。

《七个被绞死者的故事》中，革命者常常望着高空。因为比起死亡，现实的疯狂世界更可怕。他们希望逃离摧残人的现实生活，因而相对于无限的天空，大地如同封闭的不自由的空间。即使在审讯时，谢尔盖也望着天空，他"眯缝着眼睛，一动不动地望着窗外"[①]。谢尔盖一边仰望天空，一边思索着。不仅是他望着天空，同时还有那个"不肯供出真实姓名的姑娘，她化名莫霞"[②]。她望着天空是因为天空让她觉得"在整个肮脏的法庭里，唯有这一小角天空是干净、美丽、真实的"[③]。在作家笔下，无论是鞭挞耶稣的囚室还是法庭，全是脏污狼藉，而唯有深邃晶莹的天空才是人们的理想所在。

高高的绞刑架具有空间意义。《七个被绞死者的故事》中，被判死刑的人在临死前意识发生重大而又极速转变，那些具有清醒意识的人迎接着残暴与必然的死亡。当人被放置在高高的绞刑架上，这个具有神的启示的地方，人会感到自己的视野更加广阔，并充满对永恒的向往。莫霞同所有人紧密团结，她认为没有死亡；而维尔涅理智地认识到死亡，他认为没有恐惧。维尔涅临死前发生了精神转折：这个恐怖行为的残忍的利己主义者，由骄傲与自由转向对人们的温情与同情，他的神性的启示是小说高潮。

三、中心与边缘的融合

小说中犹大与耶稣的界限关系是我们理解作品精神实质的一把钥匙。犹大与耶稣界限分明，但他们之间时而你中有我，我中有你。对犹大做完肖像描写

---

① 安德列耶夫，省长/七个被绞死的人 [M]．漓江出版社，1981．第128页．
② 同①，第129页．
③ 同①，第129页．

后，作者就多次比较耶稣与犹大。"犹大瘦削，体型俊美，俨然就是由于习惯行走时思考而身体微屈并因此显得矮了一些的耶稣。"① 作家有意安排了他们之间的既对立又统一的矛盾，才使得他们彼此接近。在耶稣与犹大之间，似乎存在着某种联系，有一根不可见的线使他们联系在一起。当他们目光相遇时，几乎会猜中彼此思想。耶稣与犹大彼此不可分割，如同善与恶无法分割。最主要的是他们都渴望"重建人类"。加略人一生都在寻找"最好的人"，在导师身上找到了理想。死后的犹大仍然在注视着天空，他仿佛在寻找着天堂中的耶稣。耶稣与犹大并不相同，他们是两相对立的矛盾体。耶稣伟大，有着改变生活的光明理想，但却不理解人类，不理解斗争。犹大具有勇敢地将灵魂抛到火中的力量，他能够撕掉盖在人们眼睛上的一层膜，为坚守无情真理而牺牲自己。

犹大的内心世界是封闭的、有界限的，同低级、黑暗、大地相连；而耶稣的空间却是向上的，他的世界是纯洁、轻松与安宁的。当耶稣教导门徒时，犹大在门口看见"周围的一切都渐渐暗淡下来，弥漫起漆黑和沉寂，只有耶稣和他举起的手臂在熠熠生辉。瞧啊，他似乎升上了天空，似乎消融了，整个人都变得好像由湖面上弥漫着残月光芒的薄雾幻化而成，他的轻声细语也仿佛在远远的某个地方柔美地荡漾"②。宇宙充满自由，独立于身体之外。犹大所见到的耶稣是向上升起的，这样一种具有垂直方向的宇宙空间对人来说是很遥远的。作者有意强调犹大对导师无限崇敬之情，似乎永远不可达到导师的高度。

洛特曼把空间概念作为文化描写元语言中的重要因素，突出了"文化对现实的认知功能和评价功能"③。"界限"可理解为一种艺术空间概念。洛特曼指出，"界限"将文本的整个空间划分为两个相互不交织的子空间。"不可渗透性"是界限的基本特点，因为每个人的内部空间都是不同的。"'界限'把文化空间分割为各个连续体，即包含一个点或很多点的几个集合。文化模式的语

---

① 列·尼·安德列耶夫. 加略人犹大/撒旦日记 [M]. 何桥译. 新星出版社，2006年. 第83页.
② 同①，第96-97页.
③ 郑文东. 符号域的空间结构——洛特曼文化符号学研究视角 [J]. 解放军外国语学院学报，2006，(1). 第2页.

义阐释应该被视为在其要素和客观世界的现象之间建立起对应关系。"① 安德列耶夫在《加略人犹大》这部作品中，多处都体现了"界限"的含义。犹大与耶稣之间的空间距离差异正是安德列耶夫投射在主人公身上的不同思想所指。在向门徒布道时，耶稣总是处于中心位置。"这实际上不仅暗示了耶稣在所有人中间的绝对权威性的地位，而且也暗示了他的思想源于宇宙秩序中心的绝对真理。"② 而犹大却不像其他门徒围在耶稣身边，他只是站在"门口"这个边缘地带，"门口"表示的是"界限"③意义。Л. 肯专门论述了安德列耶夫创作中"门"的主题，在其作品中，他常常选取具有"揭示人的心理状态的物品，其中经常出现的就是门"④。犹大如同与上帝作对的撒旦，遭到冷落，不受人喜欢。洛特曼认为符号圈具有不匀质性，就意味着它在构造上不对称。语言符号圈具有中心与边缘之分。最发达的、结构上最有组织的、最强势的语言构成了符号圈的"中心"。⑤ 与"中心"相比，"边缘"上则是结构不够发达、没有组织或是组织性不强的语言。"边缘"是符号圈中最为活跃的领域。规则与现实在"边缘"上构成了张力场，未来的新语言将诞生于这个张力场中。而"门口"一词，被马太解释为所罗门式的箴言，"在门口碰到的，必将围困他人"。⑥ 犹大处于这个边缘地带，说明他正是向中心转入，成为弥赛亚，与传统的《圣经》不同，这也正是作者的主旨。诚如，"没有犹大的背叛所引发的耶稣复活事件，建立在信仰基础上的'善'和'爱'之大厦随时可能坍塌"。⑦

《叶列阿扎尔》中叶列阿扎尔死后复活，具有了"桥"的空间意义。他是

---

① Лотман. Ю. М. Семиоофера [M]. С. -Петербург. Искусство-СПБ，2000. с. 468.
② 贾锟. 安德列耶夫创作中的"末日论"研究 [D]. 2008. 第 105 页.
③ Юдин А. В. Русская народная духовная культура [M]. М. Высшая школа, 1999. с. 200.
④ Телятник М. А. Фельетоны Л. Н. Андреева о театре корша в газете «Курьер» //русская литература [J]，2011，(3). с. 164.
⑤ 康澄. 文化符号学的空间阐释——尤里·洛特曼的符号圈理论研究 [J]. 外国文学评论，2006，(2). 第 103 页.
⑥ 列·尼·安德列耶夫. 加略人犹大/撒旦日记 [M]. 何桥译. 新星出版社，2006. 第 97 页.
⑦ 郑永旺. 圣徒与叛徒的二律背反——论安德列耶夫小说《加略人犹大》中的神学叙事 [J]. 外语与外语教学，2014，(2). 第 87 页.

死人与活人的融合，"能进入此在环视关联的整体之中"①。叶列阿扎尔正是把"天空和大地、诸神和凡人聚集于自身，构成一个相互关联的整体"。②海德格尔把此在生存活动置于相互关联的整体空间。以对"桥"空间位置的理解为例，此在对桥梁的感知是从过桥中得到的。《罪与罚》中拉斯柯尔尼科夫从家中走出来后，正是站在通往高利贷老太婆家的桥上思考着杀人计划。首先，桥聚集着大地；其次，桥聚集着天空；最后，桥聚集着诸神。

无论是为革命英勇献身的五个革命者，还是两个杀人犯，在死亡的时刻都融合在一起。似乎作家有意让我们想起耶稣被钉死时的画面，他的一左一右十字架上还绑着两个强盗。《七个被绞死者的故事》在行刑时，人们两两组合走向绞刑架，已经瘫软的扬松和无法忍受临死的煎熬的茨冈诺克这两个杀人犯，革命者自愿和他们两两一组去死。维尔涅主动要求和一直呼喊着"不该把我绞死"的杀人犯扬松为一组，而灵魂犹如婴儿般圣洁的莫霞则和不愿意一个人去死的杀人不眨眼的茨冈诺克一组。在通往死亡的路途上他们结伴而行，相互照应，五个青年没有因为两个杀人犯的不洁灵魂而厌弃他们，在死亡面前，他们不光爱自己的同志，也爱强盗和杀人犯，表现了基督般博爱。

本章小结

安德列耶夫所描述的死亡事件离不开时空叙事。本章中，我们通过被作家所创建的时间和空间，来分析他笔下的死亡世界。

我们分析了小说中的物理时间和心理时间。在物理时间中我们发现作家笔下的白天和黑夜、所被强调的和淡化的时间都是有意味的。而作家通过心理时间来揭示人物心理状态。在死亡与空间范畴中，我们发现作家常常通过房屋、位移变化和空间位置的融合来揭示死亡。

由于时空本身揭示着一种不定的流变动态，"在人类思想维度中的时空概念不仅与变化、运动、历史性等概念密不可分，而且总是与人类对存在、命运

---

① 靳凤林. 死，而后生 [M]. 人民出版社，2005. 第226页.
② [德] 海德格尔. 诗·语言·思 [M]. 彭富春译. 文化艺术出版社，1991. 第137-139页.

和理想的思索联系在一起。时空概念渗透着人类的生命情怀和命运感"[1]。安德列耶夫的厄运统治着时间与空间,厄运想要麻痹灵魂空间,麻痹人对生活的意志,对主要问题的信念——翻耕土地,养活儿女,关心着亲近的人。小说中的恶创造着空间死胡同,让人"不知去往哪里"。[2]

---

[1] 靳凤林. 死,而后生 [M]. 人民出版社,2005. 第211页.

[2] Мескин В. А. Грани русской прозы Ф. Сологуб [М]. Л. Андреев, И. Бунин Южно-Сахалинск. 2000. с. 76.

第三章 现象学视域中的死亡世界

安德列耶夫作品中的现实，往往是作家经过加工的第二现实的反映。"现象学"（Phenomenologie）一词最早由德国哲学家朗贝尔特（Lambert J. H.）提出。他认为，现象学的目的在于"系统化假象的种类"，借以避免错误，认识真理。康德提出"现象学一般"的概念，费希特提出"自我现象学理论"。康德和费希特的现象学思想直接导致了黑格尔《精神现象学》的创立。但是真正将现象学作为一种哲学理论和方法，则是胡塞尔在1900—1901年发表的两卷本《逻辑研究》中提出的。① 胡塞尔的"纯粹心理"是把意识活动作为研究对象，来探讨呈现在意识中的世界。"死亡，如果我们愿意这样称呼那种非现实性的话，它是最可怕的东西，而要保持住死亡了的东西，则需要极大的力量，柔弱无力的美之所以憎恨知性，就因为知性硬要它做它所不能做的事情。但精神的生活不是害怕死亡而幸免于蹂躏的生活，而是敢于承当死亡并在死亡中得以自存的生活。"② 用现象学的方法来分析事物，是对世界的自然态度的颠覆，通过这种方法，我们可以深入到以日常思维方式看不见的事物的本质。之后，德国文学家和文学批评家赫尔德提出"美和真的现象学"。在现象学诸观念中，与文学最为密切的当是"纯粹意识"，美国现象学史家施皮格伯格对此有过评析，他说："现象学可以表征为这样一种哲学，它学习在其他人只看到不屑一顾的琐事的地方对奇迹感到惊奇并按照奇迹本身的样子来考察他们。"③ 现象学最根本的方法就是将现象还原，现象（pheinomenon）就是显现

---

① 靳凤林. 死，而后生 [M]. 人民出版社，2005. 第88页.
② 黑格尔. 精神现象学（上卷）[M]. 贺麟，王玖兴译. 商务印书馆，1983. 第21页.
③ 张方. 批评意识与意识批评——现象学文学批评述要 [J]. 河南大学学报，2007，（2）. 第96页.

自身，追问本质，反复自我的思考过程。现象学要解决的问题就是认识之谜，而死亡恰好引导人们去解决认识之谜，换句话说，死亡迫使人们对自己的生存状态作以思考，而现象学就是人们揭示生存虚假面具所利用的工具。"现象学在理论气质上最为适合死亡形上理论研究，因为现象学从事物存在的根基处来对其本质构成予以诠释和解蔽。"① 在本章中，我们将利用胡塞尔的现象学还原法探寻在安德列耶夫的死亡世界里人物的精神本质、心灵深处的奥秘以及人的生存和死亡的意义。

第一节 被意识悬置的死亡事件

安德列耶夫作品中的人物总是从死亡中体悟生命的真谛，我们一方面关注安德列耶夫作品中人物的死亡事件，但另一方面更关注人物对死亡的认识或者是对生的理解。每个人面对死亡时，都会抛开以往的尘世杂念，对自己的一生重新认识，而现象学正是去除现象，即悬搁后，让人回归自己的意识，现象学的研究对象正是对人的意识的描述。人的认识活动与自在的事物应该是一致的，但是事物本质往往被遮蔽，而胡塞尔的现象学悬置了世界之后，只讲意识，在意识中从直观入手，解决认识之谜。安德列耶夫让他的主人公借助死亡，对自己先前的认识进行反思，反思中的人开始怀疑自己的理论和人生价值，继而揭开了永恒真理。

一、《省长》：意向本我

死亡是所有生物存在的宿命，但人类是少数能够意识到死亡所造成的后果的存在，并把这种死亡后果上升为哲学的思考范畴，"死亡是内在于生命程序中的一个内在的、必然的、自明的本质成分"②。胡塞尔的现象学就是要从直观的被给与性中分析出一切东西。现象学的还原是一步一步深入的，首先是实

---

① 靳凤林. 走向本真的存在——死亡问题的现象学探究 [D]. 清华大学，2003. 第17页.
② 靳凤林. 死，而后生 [M]. 人民出版社，2005. 第177页.

相的被给与性，即意识活动和感觉材料，进一步还原，本质还原，发现有一般之物，再进一步还原，会发现有对象出现。而对象便涉及胡塞尔的意向性，胡塞尔的意向性研究"在他的描述心理学中具有极为核心的地位"①。意向性是现象学区别于以往哲学很重要的地方。意向性即总是意向于某物，没有无意向的意识，我们见到的所有东西都是被意向之物。只要对象存在，便可以被意向，可是，如何能让人意向到本真的自我这一对象，安德列耶夫的主人公所面对的"死亡"便起到了这种功能。

安德列耶夫基于1905年革命和1月9日流血星期日事件而创作了小说《省长》，省长面对自己即将遭受的死亡厄运，他体验到了强烈的孤独感和恐惧感。他即将被杀死，他本人是不合理的社会秩序的牺牲品。死亡临近迫使他思考自己的过往，他知道自己所做的一切必定会遭到报应。

事件发生后已经过去十五天了。但是，他总是忧心忡忡、念念不忘那一事件，好像时间失去了磨灭记忆和事物的力量或是如同一个坏钟一样已经完全停止不动了。不管他考虑什么，甚至想那些完全与己无关的或是最久远的事，但几分钟之后，他那惊恐的思绪自然就会又停留在事件面前，无力地触及它，就好像触及监牢里高高的、无声无息的墙壁，而且思路也十分奇特："他每一想到很久以前在意大利那次沐浴着阳光、充满青春活力和歌声的旅行，就必然回忆起意大利的某个乞丐，紧接着在他面前就会突然闪现出一群工人、排枪射击、火药味和鲜血，甚或给他喷洒香水，他也会马上想到那个洒上香水的手帕和用它打暗号开枪射击的情景。"② 下令开枪的行为不断在省长的脑海中浮现，时间在死亡面前已经不再起作用，而他周围的任何一种感觉材料都会迫使他意向自己的罪行。"对重忆的和在重忆中的基础的反思，使我们认识到我们先前的体验，这些体验是'当时'曾存在的，是当时可内在知觉的，虽然未曾内在地被知觉"③。

省长的回忆贯穿着小说，作家多次描写"回忆"，省长回忆下令开枪的情

---

① 郭本禹，崔光辉，陈巍. 经验的描述：意动心理学[M]. 山东教育出版社，2010. 第188页.
② 安德列耶夫. 省长/七个被绞死的人[M]. 陆义年，张业民译. 漓江出版社，1981. 第238页.
③ [德] 胡塞尔. 纯粹现象学通论[M]. 李幼蒸译. 商务印书馆，2011. 第146页.

境，回忆自己的罪恶与得到的奖赏，也回忆自己所遭受的意外事件时感受到的死亡体验。胡塞尔把回忆称作是"第二性的记忆"。胡塞尔将内在时间意识标示为"'体验流'或'意识流'，即它是一个持续不断、先后相继的意识之河流。它有源头和持续的过程。它的源头就是一个感知，胡塞尔称之为'原初印象'。原初印象不断地过渡到'留'，也叫'第一性的记忆'。而'持留'会不断地延续下去，这样原初印象就不断地削弱，最后弱化到无法察觉的程度。人们可以把它（原初印象）重新在意识中召唤出来，但性质发生了变化，即它已不是当下的印象，而是一个当下化的表象。此时的召唤行为也不是持留，而是回忆了"。①

省长的回忆中永远留下三个物件，即白手帕、排枪射击、鲜血，因为这是他犯罪的证据。"最初，概念之间的这种联系是合乎逻辑的，因此也是可以理解的，虽然令人烦恼，可并不值得特别担心。但是没过多久，任何东西都变得能勾起他对事件的回忆了，而且突如其来、荒谬之至，好像从墙角处射来的暗箭一样，令人胆战心惊。他脸上只要有一点笑意，他就会清楚地听到耳边响起了他自己那将军式的笑声，同时就会猛然看到一个被打死的人，而且清晰得令人厌恶，尽管那时他完全没想笑出声，而且谁也没有笑。再如他听到黄昏时分空中的雁鸣，或是看到一把最普通的硬木椅子，或是伸手去拿一块面包——一切的一切都会在他面前引出那同一幅永不消逝的画面：挥动白手帕、排枪射击、鲜血。仿佛他住在一个有千百扇门的房间里，无论他打开哪一扇，在门后面都会遇到那同一个永不变化的景象：挥动白手帕、排枪射击、鲜血"②。随着时间的流逝，杀害游行群众这件事在省长的头脑里只持留下"白手帕、排枪射击和鲜血"这三个关键词了，但是这三个事物不断被召唤。按照胡塞尔的理解，回忆也是一种想象意识，再现非当下的内容，但不是原初的内容，而是再造出来的意识，回忆是指向过去的。省长的持留内容之所以是这"三件宝贝"，是因为白手帕是下令开枪暗号，正是他的这个简单的动作送了群众的生

---

① 王子铭. 现象学与美学反思 [M]. 齐鲁书社. 第95页.
② 安德列耶夫. 省长/七个被绞死的人 [M]. 陆义年，张业民译. 漓江出版社，1981. 第238-239页.

命，由白色而导致的红色刺激着他的视觉，而屠杀群众的工具——机枪的声音一直震动着他的心脏，鞭挞着他的良心。这些感性材料在他的原初印象中无法被削弱，已被铭刻在他的记忆深处。

由于省长办理这件事采取了果断的措施，彼得堡奖赏了他，似乎事件应该结束了，可是"事件并没有过去。它如同冲破了时间和死亡的权势范围，一动不动地停留住他的脑海里，仿佛是以往无数起事件遗留下来的、一具没有埋葬的尸体。每天晚上他都竭力把它葬入墓穴，可是夜去晨来，眼前重又立着一幅遮蔽住眼前世界的画面，从头到尾清清楚楚、精心复制为画面：挥动手帕、排枪射击、鲜血"。①

省长自下令开枪后，他的心情一直惴惴不安，在林中散步时他想起年轻时曾险些命丧河里，脑海中便浮现出当时的情景："眼前是闷的人要死的昏暗；他软绵绵的，浑身筋疲力尽；河底深深的，有一股往下扯、往下吸的力量。后来，这种无形的景象还长时间地留在他的心灵中。他现在的感触就与那次溺水颇为相似。"② 死亡的阴影已经笼罩着省长，担心死亡的恐惧心理如同掉进河里让人窒息。接着他想到人们一定用枪打死自己，想到自己的儿子将来做省长可能被炸药炸死。可是他突然想到法官："为什么要向法官诉苦呢？那种做法不是诚实的表现。"③ 为何会牵扯到"法官"的问题，令省长百思不得其解的是为何头脑里突然出现法官。实际上，老谋深算的省长可以骗得了别人，但他骗不了自己的良心，他罪孽深重，对人民犯下不可饶恕的罪行，自然应该接受最后审判，死亡为他揭开了他虚伪的面具。但是，下令杀害群众他也是有苦衷的，因而想象到要向法官诉苦。弗吉尼亚·伍尔芙在《一间自己的屋子》对意识流小说理论进行阐述："真实就是把一天的日子剥去外皮之后剩下的东西，就是往昔的岁月和我们的爱憎所留下的东西。"④ 总之，真实就是人物在回忆中的主观感受。

省长与儿子的谈话中体现了自责，他说："可他们也不是土耳其人呀，他

---

① 安德列耶夫. 省长/七个被绞死的人 [M]. 陆义年, 张业民译. 漓江出版社, 1981. 第245页.
② 同①, 第264页.
③ 同①, 第266页.
④ 项晓敏. 作为思维模式的意识流 [J]. 杭州师范学院学报, 1998, (5). 第56页.

们是自己人，俄国人，全是些伊万、彼得之类的同名人，可我对他们，怎么能像对付土耳其人一样呢？"① 在同儿子的谈话中，他甚至承认自己是刽子手，"刽子手同样是国家的一种需要"②。接下来，他和儿子谈论着自己的死亡，"我感觉到死亡就在眼前。还在那消防棚里，我就预感到了，但并不知道这是怎么回事。"③ 他还告诉儿子："我相信古老的法规：以血还血。"④ 他的儿子建议他退休，其实这正是他心里所想，可是长期以来官场的摸爬滚打使他养成了爱撒谎的习惯，他立刻否定道："不，决不能那样，那简直是逃跑，无稽之谈！决不能那样！"⑤ 可他的儿子揭露了他的谎言："不过，我也知道这是怎么回事。妈妈唉声叹气，你又总为死苦恼，这都是为什么呢？难道不可耻吗，爸爸？"⑥ 当父子俩出去散步时，在黑暗的林间他们双双感到恐惧，似乎每棵树后都藏着人，军官儿子没有等父亲就迅速往回返，省长意味深长地说："死，就在你的脑袋里"⑦。儿子起初并不服气，认为父亲胆小怕事，但是当身处黑暗中，面临着随时可能的死亡时，他表现出了软弱。

省长的儿子阿辽萨认为开枪是国家安全的保障，省长本人也希望如此，但是面对无辜群众的流血和死亡，省长欺骗不了自己，他明白"国家的需要是救济挨饿的人，可不是向他们开枪"。⑧ "当生存于我思中时，我们不把我思思维本身意识作意向客体。但它随时可成为一个意识客体，它的本质涉及一'反思'的目光转向的基本可能性，并自然地具有一种新的我思思维形式，这个我思思维以纯把握的方式指向它。换言之，任何我思思维都可成为一所谓的'内部知觉'的对象，并接着成为一种反思评价的、一种赞成或不赞成等等的客体。"⑨ 不管省长被授予多么高的奖励，或者是因为不得不遵照上级指示而为

---

① 安德列耶夫. 省长/七个被绞死的人 [M]. 陆义年、张业民译. 漓江出版社，1981. 第256页.
② 同①，第257页.
③ 同①，第258页.
④ 同①，第259页.
⑤ 同①，第259页.
⑥ 同①. 第259页.
⑦ 同①，第262页.
⑧ 同①，第267页.
⑨ [德] 胡塞尔. 纯粹现象学通论 [M]. 李幼蒸译. 商务印书馆，2011. 第126页.

之，都无法为杀人行为找到托词。现象学主张将这些可疑的前提悬搁，杀人者偿命，这是公众的审判，因而省长早就意识到自己的死亡。

省长询问自己家的工人叶高尔："老兄，你怎么看，他们会不会杀死我？"叶高尔望了一阵省长说："谁晓得他们呢。不过，我想，他们是要下手的，彼得·伊里奇。"① 叶高尔还说了一句："人民愿意这么干（杀省长）。"② 这句话证明了人民心中已经对省长做了审判。省长向自己的官员、儿子和自己家的工人询问对待此事件的看法和他是否将要死亡，充分暴露了他的自责和恐惧心理。现象在现象学中即是意识中的现象，而不是客观实在。现象学的目的是要回归事物本质。省长对自己在人民面前犯下的罪行不敢承认，只是他的意识被蔽翳遮蔽不想承认。他四处打探普通民众是如何看待他下令开枪的事，可是答案是一致的。其实他在自己的意识中已经给自己判处了死刑，只是需要其他人对此加以证实。

虽然省长因为这次下令开枪还受到彼得堡的嘉奖，但是死亡的手臂牵着他"意向"一桩桩罪行。"客体的显现总是与针对客体的意向密切相关的。"③ 五年前因鞭打过金吉维耶夫斯克的农民受过部长的嘉奖，他每次得到奖赏都是以人民的生命和痛苦为代价，其实自己的罪恶他比谁都清楚，却希望在别人的口中能够得到谅解，他在自欺欺人。但是他在自己即将面临的死亡面前，却骗不了自己，他认定自己会死，也就承认了自己的罪。

不仅省长一人害怕这种订购式的死亡，部长也一样恐慌死期将至。《七个被绞死者的故事》由两部分构成，第一部分是部长担心自己的死亡，他是对死亡的"害"。小说第二部分讲述了七个人的死亡，其中五个革命者与两个杀人犯。五个革命者对死大义凛然，只能用"畏"来表示他们对死亡的态度。无畏革命者从世界存在之大畏领略自身，对死亡的彻悟则是回归本真的方式。安德列耶夫详细地描写了部长对死亡的思考，险些遇刺的部长同"省长"有着相似的恐惧心理，因为革命者的暗杀行动，部长不得不意向自己的死亡。

---

① ［德］胡塞尔. 纯粹现象学通论［M］. 李幼蒸译. 商务印书馆，2011. 第268页.
② 同①，第269页.
③ 章启群. 胡塞尔意向性学说与现象学美学［J］. 北京大学学报，1994，（2）. 第61页.

安德列耶夫借助死亡的功能，使人意向于自身，意向着自己的心理，从自我意识中发现诸多内涵。这里，省长和部长都将面临被杀死的可能，因而他们不断地思考这死亡，回忆着与死亡相关的一切，在思考死亡的同时，他们明白了自己的罪责，因而我们可以说，当人意向死亡时，可以使人成为有责任的存在物，成为道德主体。

二、《谢尔盖·彼得罗维奇的故事》：他者之死

当我们看到别人的死便会想到自己的生死，这是我们获取死亡知识的方法与途径，现象学排斥这种通对经验认识死亡，而是把人的死亡理念看成是人的"意识的构成要素，而且它也是一切生命意识的本质性构成要素"①。因而死亡现象学所探讨的不是个别死亡事件，而是死亡本质问题。"过去经历的生命及其后继作用在不断地消耗着将来被给予的生命。"②

本真的向死存在是在死亡面前"不逃遁，不遮蔽"③这个最为本己的可能性。托尔斯泰的中篇小说《伊凡·伊里奇之死》（1886）中，那些熟悉伊凡的人得知他生病了都暗自庆幸死的不是自己。伊凡生病的消息先是在同事中间引起一阵惊慌，可是很快地，他们便暗暗盘算伊凡的位置了，他们希望伊凡死后腾出的位置归自己。而伊凡的妻子和女儿，依旧热衷于交际和玩乐，并不关心他的死活。她们关心的只是以后如何生活。伊凡身边的所有人都认为死亡与自己无关，都在筹划着自己的未来。但是死亡是本我的事，它冷若冰霜地悄然降临到每个人头上。伊凡·伊里奇的今天就是他们的未来的那一天。

安德列耶夫的死亡世界中的人们，也有很多如同伊凡·伊里奇周围的人，他们有意遮蔽死亡，不愿正视这件最为本己的事。他们常常谈论未来，因为所有人对未来都有期待，人们通常把未来看成希望，并认为将来会更好。就连《曾经有过》的十一号病房的男孩也是。可是他还是死了，其余的病人看到把他抬出去时都不忍看，"病人都不忍看他，便转过脸去。大家都猜到那孩子死

---

① 靳凤林. 走向本真的存在——死亡问题的现象学探究 [D]. 清华大学，2003. 第132页.
② 同①，第135页.
③ 刘大椿，李韬. 通识教育高阶读本 [M]. 中国人民大学出版社，2013. 第423页.

了，可是这样的死没有使任何人不安或恐惧；死亡在这里是司空见惯的事，就像在战场上一样。在这期间，第十一号病房还有一个病人也死了。这是一个矮小的、样子相当精神的老头儿，患瘫痪病。他走起路来一瘸一拐的，一个肩膀前倾，总是给大家讲那个弗拉基米尔时代罗斯受洗的故事"①。正是因为害怕和讨厌未知的死亡，人们才有意回避眼前的死亡。只要死亡不降临到自己头上，人就不会对自己的一生进行严肃思考的。人们对待死亡的态度"不仅表现为努力遮蔽他人之死与自己之死的关联性，而且还帮助和劝慰临死的他人尽可能地逃避死亡，以便重返繁忙操劳的日常世界。有所掩藏而在死面前闪避，这种情形顽强地统治着日常生活，乃至在共处中'最亲近的人们'恰恰还经常劝慰'临终者'，相信他将逃避死亡，不久将重返他所操劳的世界的安定的日常生活"②。

  安德列耶夫的小说《大满贯》讲述了这样一个故事：四个牌友经常聚在一起打牌，突然有一天他们中的一个牌友打了个大满贯，可是他却突然死了。"在他们眼里，纸牌早已不再是没有生命的东西了，每一种花色，各种花色中的每张纸牌都有鲜明的个性，有自己独特的生活。花色有受欢迎和不受欢迎之分，走运和背运之分。到手的牌有千变万化的组合方式，而各种牌式是没法分析的，也不受规则的限制，然而却有它的规律性。在这种规律性中包含着与打牌人的生活无关的纸牌的生活。人们想通过纸牌达到自己的目的，而纸牌却偏偏各行其是，仿佛它们有自己的意志，自己的兴趣、爱好和脾气。"③ 命运如同纸牌一样神奇，没有定数。"雅科夫·伊万诺维奇觉得，在此以前他并不懂得什么是死。可是如今他懂得了，他亲眼看见的这件事是如此不可思议，如此可怕，而且无法挽回。他永远也不会知道了！即使雅科夫·伊万诺维奇在他耳边高喊这句话，放声痛哭，并且把牌都亮出来，尼古拉·德米特里耶维奇也听不见了，永远不会知道了，因为世界上已经不存在尼古拉·德米特里耶维奇这个人了。"④ 尼古拉·德米特里耶维奇的突然死亡迫使每天麻木地生活着的雅

---

① 安德列耶夫. 曾经有过/安德列耶夫小说戏剧选［M］. 外国文学出版社，1984. 第60页.
② 靳凤林. 死，而后生［M］. 人民出版社，2005. 第204页.
③ 安德列耶夫. 大满贯/安德列耶夫小说戏剧选［M］. 鲁民译. 外国文学出版社，1984. 第19页.
④ 同③，第25页.

科夫·伊万诺维奇思考了死亡与存在。

《大满贯》中其他人看到尼古拉突然死去，才感到死亡是那样意想不到，"他"就在隔壁躺着，就在身边，也会降临到自己头上。当人们看到死亡时，才能感到死亡离自己不远，"看"，是我们认识事物的一种方式，当他们看到了牌友意外死去才感知到死亡是存在的，这种感知是认识死亡的第一个步骤，也把他们从周而复始的麻木状态中拉回到生活中。但是，无论怎样的"看见"别人死亡，这都是个别事件，是不会让我们直接领会死亡本质的，因为"与日常共处的常人通常把死亡看成是不断摆在眼前的死亡事件"，而这个事件和自己没有多大关系，因为他们把死亡看成"某种不确定的东西，而且这个东西必定要从某个所在来到，但当下对某一个自己尚未形成，因此也还不构成威胁。"①

这些人都是通过别人的死来认识死亡的，但是谢尔盖·彼得罗维奇与他们不同，虽然在自杀前他也回忆起别人的死亡，这些死亡现象影响着他建构死亡，但是，他与常人不同的是已经发现死亡是本己的可能性。

谢尔盖·彼得罗维奇决定自杀前的一两个小时，他才开始考虑死亡。"思绪从某个地方远远地来临了，时断时续而又暗哑荒凉。他首先想到了女主人和自己躺卧的姿态与容貌。他的思绪瞬间飘远了，回到了童年的记忆，想起了叔叔的死亡。他死在了他们家，而谢尔盖·彼得罗维奇和当时只有七岁的谢廖沙，被带到了熟人那里。走过前厅的时候他瞥了一眼大堂，看见了那张他们平日吃饭的桌子，而桌子上有一双穿着白线袜的僵硬的脚掌正对着他。他只看了它们一秒钟却终生难忘，除了一动不动的裹着白线袜的那双脚掌，连对于死亡本身他都想象不出另外的样子。随后他回忆起较近的一次偶遇，当时他目睹了一场非常寒酸和怪异的葬礼。葬礼的怪异之处在于，无论路过的行人还是马车夫，大街上绝对没有一个人留意这场葬礼，因为谁也未脱下帽子，甚至好像对它视而不见。四个搬运工用担架抬着一具用什么黑东西遮盖住的棺材，他们连跑带颠，快得如同让棺材置于波浪上一样不住地乱颤，棺材落下的时候，盖布

---

① 海德格尔.《存在与时间》，陈佳映、王庆节译. 生活·读书·新知三联书店，1999. 第291页.

的边缘都鼓了起来。既见不到神甫，也见不到送别的人。"① 在这段文字中，描述了谢尔盖·彼得罗维奇见到了两种死：他的叔叔的死亡和一个陌生人的死亡。他叔叔的死给了他死亡的定义：白线袜，脚掌，一动不动，这就是七岁的孩子对死亡的理解。而在他长大后，再次看见死去的人，他发现人们对死亡的态度"视而不见"，对于他人之死人们总是试图回避，遮掩，似乎永远不会临到自己头上。人们对他人的死保持沉默与压抑。"此在除了强调他人之死非自己之死，并通过对他人之死的劝慰与安定将死亡予以排除外，还通过另一种方式来消除死亡，即对他人畏死情绪的沉默与压抑。"② 谢尔盖·彼得罗维奇从外部观察着死亡，那些死亡事实为他理解死亡奠定了基础，但是认识也仅限于此。

死亡现象学研究的是死亡的本质，而不是人们看见的个别事实。而谢尔盖自杀时对死亡进行了思考，此时他把死亡看成了本我的事，而不再是日常之所见了。自杀前他做了激烈的心理斗争，"他惊恐地望着小药瓶，像害怕有人要把致命的毒药灌进他的嘴里似的踉跄着退后一步"③。谢尔盖·彼得罗维奇把以往对死亡的认识统统联系起来，而形成他对死亡的认识。他在自杀前，思绪万千，将经验的死亡现象浮出脑海，与本己的死亡认识综合起来，进而形成对死亡的深刻统一认识。谢尔盖·彼得罗维奇回忆起时间间隔很远的两个死亡事件，他试图通过回忆勾勒出死亡的大概轮廓，来形成他的死亡意识。我们可以用现象学方法来解释他临死前的这种回忆死亡行为，现象学的任务是"揭示意识行为，将其还原为意向"④。胡塞尔在此基础上提出本质还原，这里的"本质"关系到知觉和回忆，他要强调的正是人们应该排除现有身边事物的干扰，而回归意识中，应该"排除独立存在的世界，代之以经验、感觉、回忆、判断"⑤ 等意识构成，即现象还原方法中的"悬置"。谢尔盖临死前一切都变得不再重要，唯一能让他意向的事情就是意向别人的死亡，来分析死亡到底是什么。

---

① 安德列耶夫．谢尔盖·彼得罗维奇的故事/撒旦日记［M］．第 24 页．
② 靳凤林．死，而后生［M］．人民出版社，2005．第 204 页．
③ 同①，第 25 页．
④ 赵一凡．胡塞尔与现象学的初衷［J］．外国文学，2006，(1)．第 106 页．
⑤ 同④，第 106 页．

第二节　死亡与生存

　　胡塞尔的纯粹现象学强调通过理智直观和现象还原，从而摆脱人存在的各种干扰因素，追问其本质世界。这一思想对死亡现象学有所启示："死亡现象学研究一系列死亡的社会文化行为背后以隐藏形式存在着的死亡本体世界和死亡意义世界。"① 死亡现象学关注的是"与死亡相关的精神现象，它要排除与死亡相关的各种自然因素和个别性的实事知识，要研究括去一切死亡客观实证研究之后，剩下的与死亡相关的纯粹精神世界的知识，亦即关于死亡的普遍性的理念性的知识。"② 海德格尔一生都对死亡问题进行了深入思考，他去除日常对此在的遮蔽，认为死亡时刻守候在人身旁，人应该向死而生。安德列耶夫通过作品中的死亡世界言说着生的多姿多彩，扎伊采夫认为安德列耶夫的心灵是"多处受伤的，有病的心灵。而他却强烈地热爱生命。"③ 作家通过主人公的死亡来歌颂他那英雄与反叛的个人精神，作家越是描写死亡，越是体现了主人公对生的热爱。如小说《七个被绞死者的故事》和《飞翔》等，安德列耶夫写给魏列萨耶夫的信中说：当人以死治死，勇敢疯狂地践踏死亡时他是美丽的。

一、《谢尔盖·彼得罗维奇的故事》：生存信念与死亡意识相互激荡

　　人既可以"因死亡意识而形成生存信念，同样也可以为了生存信念而去死亡——自杀或杀人"④。显然，生存信念和死亡不是单向流动的关系，而是双

---

① 靳凤林. 死，而后生 [M]. 人民出版社，2005. 第103页.
② 靳凤林. 走向本真的存在——死亡问题的现象学探究 [D]. 清华大学，2003. 第64页.
③ Зайцев Б. о русских писателях \ Публикация Л. Назаровой \ \ Русская литература. —1989—№1 Зайцев Б. Из воспоминаний \ Публикация Л. Назаровой, Л. Афонина \ \ Андреевский сборник. — Курск. 1975. Т. 37. С. 228.
④ 同②，第209页.

向互动的关系。加缪在其《西西弗的神话》开篇说:"真正严肃的哲学问题只有一个:自杀。判断生活是否值得经历,这本身就是在回答哲学的根本问题。"① 安德烈耶夫到底赞不赞同自杀?他笔下的犹大通过自杀间接实现了他对人类的弥赛亚。《飞翔》中的飞行员不再听从指挥和口令,飞离了预定轨道,实现了自由飞翔,然而这是以生命作为代价的。

"叔本华反对用理性原则来解释人的行为。他认为,人的本质就是非理性的生存意志,而意志的本质就是盲目的欲望和永不疲倦的冲动,人的理性服务于他的欲求,是他的意志所雇用的一个仆役和向导。"② 作为叔本华唯意志主义哲学的继承者,萨特将海德格尔的思想发扬光大,同样主张人的存在是一切存在之根,人的存在先于本质,人每时每刻都在按自己的意志行动。

小说《谢尔盖·彼得罗维奇的故事》中,其故事发生在莫斯科,一切都不能令大学生谢尔盖·彼得罗维奇满意:他相貌平平,智力平庸,爱情失意,最终选择自杀。安德烈耶夫在这部小说中,认真研究了俄罗斯知识分子的精神道德意识。谢尔盖·彼得罗维奇和《思想》中的医生克尔任采夫按照不同方式具有并变成了尼采思想的行动者。克尔任采夫认为自己是尼采的超人:对我而言,没有法官,没有法律,一切都可以做。

在《谢尔盖·彼得罗维奇的故事》中,安德烈耶夫开门见山地提出尼采的思想,"尼采的学说中,最让谢尔盖·彼得罗维奇震惊的是超人思想和他关于精神上坚定自由勇敢的人所论及的一切。"③ 超人一词的原意是:"走过去的人,表示人性必须被克服及超越,亦即人应该努力征服自我,要主宰自我的欲望,有创造力地使用人的力量。超人最伟大的创作就是他自己。由于'上帝已死',这儿留下的空虚感只能以'我成为超人'来填补。"④ 按照尼采的理解,追求生存只是意志的低级形式,意志还有其高级形式,即追求权力成为超人。超人是人类的目标所在,是人类所有价值和行为的最高依据和标准。超人强大勇敢的精神深深吸引着谢尔盖,他也渴望成为这样的强者。

---

① 靳凤林. 死,而后生 [M]. 人民出版社,2005. 第270页.
② 同①,第133页.
③ 安德烈耶夫. 谢尔盖·彼得罗维奇的故事/撒旦日记 [M]. 新星出版社,2006. 第3页.
④ 傅佩荣. 推开哲学的门 [M]. 东方出版社,2013. 第197页.

谢尔盖·彼得罗维奇不想平庸地存在,"他不漂亮——一如成百上千的人,不丑陋可也算不上英俊。扁平鼻子,厚嘴唇和窄额头抹去了他相貌上的个性,让他在外表上泯然众人"①。他相貌平平,就连智力也不突出。"到了大学,非常热衷相互区分智力的同学们把谢尔盖·彼得罗维奇划入才智有限的一类"②,更让他难以容忍的是这些同学"从来不跟他探讨严肃问题,即使找他也不是好好交流而是开玩笑。而这个时候只要诺维科夫一出现,交谈立刻便会转入严肃话题"。他也想像普通人那样经常进行社交,也会找自己认识的几个女人,但是得在他喝醉的时候。"在清醒之后,她们会让他觉得厌恶和恐惧。他没去找过其他一些纯洁的好女人,因为他坚信没有一个会爱上他。"③ 他不属于大学生中的离群索居者,但他也不是那种很受欢迎者。"他的大脑处在智慧与愚蠢的分界线上,从这个边界可以同样清晰地看清两个方向:既可以审视强大智力的绝顶高雅,理解它能够给自己的拥有者带来何等的幸福,又能目睹沾沾自喜的愚蠢可怜的卑俗,那种幸福的愚蠢深藏于厚厚的颅腔,宛如盘踞在堡垒之中那样坚不可破。"④ 就连他的爱情都让人觉得平淡无味。"一位来他家园子给菜地锄草的不太漂亮的愚钝而善良的姑娘充当了女主角。"⑤ 秋天,他要返回莫斯科时,姑娘悄悄哭泣,谢尔盖终于找到了自信,因为自己不比别人差。终于按照自己的意志找到恋人,还可以主动把女友甩掉,这是谢尔盖展示他所信奉的尼采的权力意志的体现。"追求生存只是意志的低级形式,意志还有其高级形式,即追求权力成为超人。超人是人类的目标所在,是人类所有价值和行为的最高依据和标准。"⑥ 谢尔盖在爱情中终于找到了自信,因为他通过爱情不仅可以主宰别人,而且感到了自己的存在。只有人的存在才是真正的存在,每一个人的存在都是独一无二的,海德格尔反对丧失个性的存在,他"否定人的

---

① 傅佩荣. 推开哲学的门 [M]. 东方出版社, 2013. 第4页.
② 同①, 第5页.
③ 安德列耶夫. 谢尔盖·彼得罗维奇的故事/撒旦日记 [M]. 新星出版社, 2006. 第6页.
④ 同③, 第7页.
⑤ 同③, 第7页.
⑥ 靳凤林. 死, 而后生 [M]. 人民出版社, 2005. 第133页.

共在即共在对人的异化,并提出了克服异化的'向死而在'的人生主张"①。

小说里存在着一个与谢尔盖完全不同的人——诺维科夫,他机敏、有才华、内敛而又深藏不露,他是谢尔盖·彼得罗维奇第一个喜欢的人,也以他为榜样。谢尔盖·彼得罗维奇一直追随着他的偶像,向他学习哲学、经济学和历史等方面的理论,可是却被诺维科夫落得很远。诺维科夫引领他读了尼采的著作,谢尔盖·彼得罗维奇读完了《查拉图斯特拉如是说》的一些片段,便觉得生活有了些许希望。作家在这里插入一段话:"当时只有寥寥几个人知道尼采,无论报纸、杂志还是交谈中都没有人提及他。"② 可见,谢尔盖·彼得罗维奇具有一定思想,并不是我们表面所见的平庸,他的心灵世界非常丰富。

诺维科夫的外貌和谢尔盖·彼得罗维奇正相反:"他留着短发,酷似一个抛光球体但额头却赫然隆起的硕大头颅坚毅而镇定地挺立在短脖子上;他总是脸色苍白,在非常激动的时候也只有两个支棱起的耳朵涨得通红,好像两块贴在黄色台球上的红布头。"③ 诺维科夫溯本探源,但也讥笑尼采哲学有矫揉造作之处,这时谢尔盖·彼得罗维奇便会反驳一番,他认为诺维科夫的见解颇深,但与事实相悖。"他还觉得自己能够更加清晰地理解查拉图斯特拉格言,可他开口阐述时,却讲得非常平庸粗陋。"④ 谢尔盖虽然不够漂亮,不够智慧,但有一点他比很多人强,他有独立的自我意识。他常常从梦中惊醒意识到自己是个微不足道的人,他整夜都想自杀,他试图通捣烂自己愚笨的外壳,以死亡证明存在的意义。

安德列耶夫作品中的人物形象,常常是最初很美,但后来往往暴露出并没有什么才华或索性就是恶人,或是成对地出现正面人物与反面人物,如同镜子里与镜子外的两个人,"镜子是人认识自身和对象的重要媒体,镜像观照体现了人认识世界的一种方式。很久以来,人们就把自己的眼睛当作一面镜子,眼睛的观照就是镜子的反映"⑤。这也是作家帮助读者认识主人公的一种方式。

---

① 靳凤林. 死,而后生 [M]. 人民出版社,2005. 第133页.
② 安德列耶夫. 谢尔盖·彼得罗维奇的故事/撒旦日记 [M]. 新星出版社,2006. 第9页.
③ 同②,第9页.
④ 同②,第10页.
⑤ 鲁原. 人生三角地 [M]. 大众文艺出版社,2008. 第290页.

如《撒旦日记》中的马格努斯和撒旦，结局中两个人物形象是逆转的，马格努斯最开始呈现了美好的一面，可是故事的结尾处他残暴得让撒旦目瞪口呆。《瓦西利·菲韦斯基的一生》中与善良的瓦西利相对的让人恐惧的伊万·波尔菲雷奇；《七个被绞死者的故事》中五位革命者与两个罪犯；《黑暗》中恐怖主义者和妓女；《加略人犹大》中基督与犹大的形象等。作家在这部小说中，将谢尔盖·彼得罗维奇和诺维科夫两个人的形象作以对比，最后，安德列耶夫再把对立相互融合，使之浑然一体，你中有我，我中有你，这就是他一贯遵循的正题和反题，最后实现综合的原则。安德列耶夫的作品中充满着对立的事物，即永恒的悖论。他的生与死、有限与无限、善与恶都具有双重性，处在不断变化运动中。安德列耶夫将所有对立的事物有节奏地交织更替着，而后合为统一节奏，从而体现出正反两面没有区别的特征。《深渊》中的主人公最开始表现出美好而浪漫的品行，而后变成不可饶恕的罪人。矛盾的融合，一个人的精神与肉体变化，变成另一个人。命运将在这个混乱的世界中起到这样的作用，它将人追赶到墙角并将其杀死。主人公因而连续不断地寻找着通向另一个世界的门，最终，他逃离尘世，与虚无的更高实体融合。小说中常常回荡着因孤独而哭泣的声音，人们丧失了存在的勇气，无法与整个世界和谐共处。

陀思妥耶夫斯基对因信念而杀人的现象做过精彩的描述："正是这种普遍一致崇拜的需要，给每一个人以致从创世以来的整个人类带来了莫大的痛苦。为了达到普遍一致的崇拜，他们挥刀舞剑，互相残杀。他们创造了无数个上帝，并且互相向对方召唤——丢掉你们的上帝，过来崇拜我们的上帝，否则，就要了你们和你们上帝的命！就这样，一直继续到世界的末日，甚至到世界上已不再存在上帝的时候。"[①] 生命固然珍贵，但为了真理与心中的信念，人往往会义无反顾地放弃生命。苏格拉底就是这方面的典范，为了捍卫无神论而甘愿服毒自杀；反对地心说的意大利文艺复兴时期的唯物主义哲学家布鲁诺被活活烧死；《离骚》的作者屈原带着对楚国的爱投入汨罗江，这些人都是为了正义和真理而死。借用《卡拉玛佐夫兄弟》里伊凡的话说就是："人类存在的秘

---

① 陀思妥耶夫斯基. 卡拉马佐夫兄弟（上）[M]. 何茂正、冯华英译. 北京燕山出版社，2003，第295页.

密并不在于仅仅单纯地活着,而在于为什么活着。当对自己为什么活着缺乏坚定信念时,人是不愿意活着的,宁可自杀,也不愿留在世上,尽管他的四周全是面包。"①

二、《曾经有过》：死亡凸显存在

死亡意识具有唯我性,而自我意识也需要死亡意识的唤醒。胡塞尔的现象学哲学只考察"呈现在意识中的对象,而不追问意识对象在外部世界的实际存在与否,对象的客观普遍性并不以外在世界对象的存在为依据,而是在本质还原的基础上进行先验还原,由先验意识赋予意识对象客观普遍性"②。也就是说胡塞尔的现象学哲学只关注于对象本身。人有自己的内在情感逻辑,外在生存状态的好坏不能作为衡量人生价值的标准。人往往是在死到临头时才能"作为自身出现",才能找到他的本真存在。

安德列耶夫的小说《曾经有过》,我们单从题目上就能明白,小说讲的是有关一个"曾有现在无"的故事。小说情节是这样的,曾经存在过这样一个商人,他富有而孤独,终于有一天富有的商人拉夫连季·彼得罗维奇·科舍韦罗夫来莫斯科医院治病,在治疗期间他遇到了和他同病房的病友助祭老爹,两个人都将要死去,小说最终以商人死去为结局。

小说开篇,我们看见"商人把箱笼和皮大衣留在楼下门房那里,到了楼上病房,人们就给他脱下黑呢套装和内衣,换上一件公家的灰色长袍,一身带有'第八病室'的黑色标记的干净内衣,还有一双拖鞋"③。这就是主人公和我们的第一次照面,作者有意强调富有的商人来到医院,被剥去了身上的一切从前的贵重衣物,只能穿上和所有病人一样的灰色病服。作者这里似乎告诉我们,所有人的归宿都只有一个——死亡。商人迫不得已被关进这样的"集中营",他不再与外界联系,他和以往的生活彻底断绝了联系。"自从给他脱下穿惯的

---

① 陀思妥耶夫斯基. 卡拉马佐夫兄弟(上)[M]. 何茂正、冯华英译. 北京燕山出版社,2003. 第89页.

② 张永清. 胡塞尔的现象学美学思想简论[J]. 外国文学研究,2001,(1). 第14页.

③ 安德列耶夫. 曾经有过/安德列耶夫小说戏剧选[M]. 鲁民译. 外国文学出版社,1984. 第46页.

那身衣服的时刻起,他仿佛就不再属于自己了。"① 作者说商人"不再属于自己了",其实是在强调商人就不再是那个已经变得狠毒,善于钻营,冷酷自私的那个人,虽然他还没认为自己会死,但是死亡那阴冷的气息他仿佛已经嗅到,因而在往后的日子里他所意向的事物已经不再是他的生意了,而是健康和生命。"当灵魂能够摆脱一切烦扰,比如听觉、视觉、痛苦、各种快乐,亦即漠视身体,尽可能独立,在探讨实在的时候,避免一切与身体的接触和联系,这种时候灵魂肯定能最好地进行思考。"② 商人在医院虽然没住太久就死了,但是他明白了变坏的身体都是自己曾经的积累,同时他也悟出了存在的意义。

当医生告诉他房间的一个角落就是他的地方时,拉夫连季·彼得罗维奇就像要摆脱追捕似的,"急忙脱去长袍、拖鞋,在床上躺下来。从这一刻开始,那早晨还在压抑和折磨他的一切都离他而去,变成陌生的、无关紧要的了。在一个闪电映照的画面里,他的记忆迅速再现出他最近几年的生活:日渐消蚀着他的精力的痼疾顽症,在一大群贪婪的亲戚中间,在谎言、仇恨和恐怖的气氛里所感到的孤独;逃亡到这里,到莫斯科来"③。可见,他这个外省人之所以来到莫斯科看病,不仅仅因为这里医疗条件好,还有更重要的原因是他想远离那些令他不快的人和事,正是因为疾病,死亡将至,他才得以能把自己与平常不得不在一起的人们分开。

商人拉夫连季·彼得罗维奇在病房中睡不着时,便思索自己的整个一生。"他不信上帝,不想好好生活,也不怕死。曾经在他身上表现为力量和生命的一切,如今都已消耗殆尽,一切都过去了,无所追求,无所作为,也没有欢乐。他年轻的时候头上留着鬈发,曾经偷过老板的东西,他被逮住,遭到残酷无情的毒打,他憎恨那些打他的人。中年时期,他用自己的资金扼杀了一些小人物,瞧不起落到他的掌心里的人,这些人则用刻骨的仇恨和恐惧来回敬他。到了晚年,病魔缠身,他们便开始盗窃他的财物,他逮住了一些粗心的家伙,

---

① 安德列耶夫. 曾经有过/安德列耶夫小说戏剧选 [M]. 鲁民译. 外国文学出版社, 1984. 第46-47页.

② [古希腊] 柏拉图. 费多篇 [A]. 柏拉图全集(第一卷)[M]. 王晓朝译. 人民出版社, 2003. 第62页.

③ 安德列耶夫. 曾经有过/安德列耶夫小说戏剧选 [M]. 鲁民译. 外国文学出版社, 1984. 第47页.

残酷无情地毒打他们。"① 他从一个偷盗的贼变成有钱的商人,从被人打到开始残酷地打偷他东西的人,从一个力气十足的大块头到躺到病床不能动的虚弱的病人,从生病到死亡这段时期是他将自己的人生展开的阶段,他忽然明白自己比从前改变了许多,正因为做了许多,连自己都无法辨认自己了。临死前他明白了财富、健康和生命哪个更重要,并发现了存在真理,他开始嘲笑别人和自己的愚蠢。"存在只有在此在的本真状态中,即与会死者的那种寻呼与回应中才出场,才持续,才显示。"② 死亡如同向导一般把迷途中的人引领回家,在死亡的召唤声中,人对于意识之外的世界已经不再感兴趣,他仅仅意向着自己,此时他的存在才现身。因而,拉夫连季·彼得罗维奇在死前的几天,"他不断转过脸来对着窗外明亮的蓝天"③。他已经明白,他的死亡将至,但是他渴望死后的世界是天堂,而不是地狱。此在让他痛苦不堪,无论年轻时被别人折磨还是年老时折磨别人,这都不是他所喜爱的存在形式。但是他也清楚自己在人世犯下的罪孽,因此他害怕死后进入地狱,他有意吓唬助祭老爹死后埋葬死人的情景,"先割下一只胳膊,把胳膊埋了。再割一条腿,把腿埋掉。有的不走运的死人整年价被拖来拖去,拖个没完"④。商人心中惧怕死神,他认为死神谁都不会放过,他明白自己不属于好人一列,他会死。助祭老爹虽然是好人,但是死神也不会放过他,依旧要带走的。安德列耶夫在这里告诉我们一个真理,即人终有一死,这是谁也改变不了的命运,而且死神不因谁比谁更善良就放过谁,但是也正是因为人的有死性,才使存在得以展现。

《曾经有过》中的商人过着富有的生活,认为这就是他的生活,当死亡悄然袭击他时,面对死亡他才明白,他被抛入腐朽的世界,已经背离真正的生活很遥远,这不是他的本真存在。他的事业发展得越快,越体现他的精神危机,因为物质常常掩盖了生活中根源处的矛盾。死亡激发了他自我意识觉醒,区别开了自己的本真状态与非本真状态,他找到了自己久违的良心所在。海德格尔从生存论的角度解释自我意识,他认为"常人怎样享乐,我们就怎样享乐,

---

① 安德列耶夫. 曾经有过/安德列耶夫小说戏剧选 [M]. 鲁民译. 外国文学出版社, 1984. 第 57 页.
② 靳凤林. 走向本真的存在——死亡问题的现象学探究 [D]. 清华大学, 2003. 第 187 页.
③ 同①, 第 63 页.
④ 同①, 第 66 页.

……常人对什么东西愤怒，我们就对什么东西愤怒，……就是这个常人指定着日常生活的存在方式。……庸庸碌碌，平常状态，都是常人的存在方式，这几种方式组建着我们称之为'公众意见'的东西。……公众意见使一切都晦暗不明而又把如此掩蔽起来的东西硬当成众所周知的东西与人人可通达的东西。"①

医生每次查房对商人拉夫连季·彼得罗维奇的提问，如同对商人的拷问，虽然拉夫连季·彼得罗维奇不愿意回答，但还是顺从地回答了。从他的回答中可以看出他不是一个很正派的人，"他从前吃得很多，喝得很多，爱过很多女人，也做过很多事，越往下说很多，拉夫连季·彼得罗维奇就越认不出自己是他所描述的那个人了。想到确实是他，商人科舍韦罗夫，行为不轨，害了自己，他便觉得奇怪"②。如果不是死亡临头，商人是不会自我反省的，他发现已经无法辨认自己了。商人在尔虞我诈，钩心斗角的商场中劳心伤神，沉沦于常人状态，只有当其意识到死亡悬临时，才从庸常中超脱出来。和商人形成鲜明对比的是助祭，他善良，人缘好，善于交谈，不孤独，自己病情很重，却每天都祝福病友早日康复。他对医生，病人，甚至按照惯例进行的检查都心存敬意，然而，这样善良乐观的助祭老爹也身患不治之症，日子已经屈指可数了。

助祭和商人对待死亡的态度也有相同的地方，当他们都确信无疑死神会降临时，对这个世界还会有所留恋。夜里两个人都哭了："哭那再也见不到的太阳，哭那棵他们过世后仍然会开花结果的白那利夫苹果树，哭那片笼罩着他们的黑暗，还哭那可爱的生活和残酷的死亡。"③ 深受死亡威胁的人们，既焦虑又恐惧死神的降临，尤其是商人曾经并没有感到生活的可爱之处，但是即将离开人间，他才明白活着好。商人对死后自己的肉体处理情况很是担忧，他把这种担忧变成了辛辣讽刺的语言伤害助祭老爹。他对死后的担心远比助祭老爹多，因为他在世上做了很多坏事，虽然他不能对别人说，但他自己明白死后会下地狱，而他辛苦赢得的财富因他的死亡也变得没有意义了，身边的亲人没有

---

① 靳凤林. 死，而后生 [M]. 人民出版社，2005. 第 185-186 页.
② 安德列耶夫. 曾经有过/安德列耶夫小说戏剧选 [M]. 外国文学出版社，1984. 第 49 页.
③ 同②，第 72 页.

人爱他，住院后他不让家人来看他，可见在这个世界上他是孤独的，他担心死后依旧承受着孤独，因而他经常发脾气，愤怒。而助祭老爹有着一颗善良的心，家人和朋友都很关心他，他是快乐的，他爱上帝，爱所有的人，在他心中死后他一定会去天堂，因而他对死亡的态度就不像商人那样恐惧和尖锐，虽然不是欣然接受，但他还是很坦然地面对死亡。

当人面临死亡时刻，才会对自己的一生进行认真思考，去掉日常的遮蔽，还原真实的自己。在《理想国》中，柏拉图借苏格拉底之口，把人宣称为"应当是不断探究他自身的存在物，一个在他生存的每时每刻都必须查问和审视他的生存状况的存在物。人类生活的真正价值，恰恰就在于这种自我审视"①。如果不是死亡对商人的"眷顾"，他永远也不会审视自己的一生，便永远也不知道生命的真正意义所在。人总有一死，或重于泰山，或轻于鸿毛，生的价值必须以对死亡的认识为前提。如果不能感悟死的意义，那么也难以把握生的价值。"与其说死是我生命存在的最后可能性，倒不如说死是我生命存在意义或可能性的最彻底最完全的实现。"② 人应该勇敢地直面死亡，不知死，我们怎能充分地理解生命的意义呢。

第三节 呼唤死亡——超越自我

别尔嘉耶夫认为死亡是有意义的，"死亡问题是生活中最深刻和最显著的事实，这个事实能使必死的人中的最卑贱的一个超越生活的日常性和庸俗。只有死亡的事实才能深刻地提出生命的意义问题"③。俄罗斯人向往神性，因而常常体现出对死亡无所畏惧，因为他们认为彼岸世界是比尘世更加完善。"渴望死亡却又对生活充满热情，这种悖论不是一种矛盾的观点，而是非常的人性。"④《飞翔》中作家营造了"一种笼罩一切的永不泯灭的胜景：灿烂的朝

---

① 靳凤林. 死, 而后生 [M]. 人民出版社, 2005. 第109页.
② 同①, 第160页.
③ 叶鸿蔚. 马克思主义哲学原理辅导读本 [M]. 河海大学出版社, 2004. 第370页.
④ 张士民. 贝克特的边界景观 [M]. 外语教学与研究出版社, 2009. 第209页.

阳，深远的碧空"①。普什卡列夫知道一直向上升起必然死亡，但是为了获取自由和天空的美丽，他怀着亢奋的心情完成了自杀。飞行员实现了精神飞翔，反抗教条观念。在这些描述中，安德列耶夫体现了一种虚无的最高存在，象征自我精神的无限可能性的虚无成为他的美学追求。普什卡列夫投向喷射着祥光的天空，他打破了理性的宁静，追寻着精神的绝对自由。这个虚无的境界引自叔本华，他的哲学是"非理性的意志和虚无的目标"②。

一、《七个被绞死者的故事》等：死亡破坏精神桎梏

人是在一定社会制度、伦理道德和文化背景下成长的，我们一生下来就别无选择地进入了早已存在的社会中。社会因素对死亡有着影响，同时死亡对社会制度也具有破坏作用。托尔斯泰通过小说《伊凡·伊里奇之死》表现了他的死亡观点，"生命是上帝所赐之物，其本身只是为死亡所作的一种准备，唯有死亡才能将人的灵魂从肉体中解放出来，去接受上帝的审判"③。可见，托尔斯泰强调死亡可以使灵魂不再受到束缚。

在安德列耶夫的作品中，死亡不仅破坏着社会制度和宗教信仰，它还打破了肉体对人的精神束缚的枷锁。叔本华认为"身体和意志是同一的"④，即身体是人思想的体现。在安德列耶夫的很多小说中，人的身体与思想具有紧密的联系。《沉默》中的薇拉，《省长》中主人公省长，这些人物随着肉体的消亡，精神得到解放。《曾经有过》中的商人由于肉体贪欲，做了很多坏事，最后肥硕的肉体生了病，趋于毁灭之际，商人才得以思考自己的一生。

《七个被绞死者的故事》中，当部长得知恐怖主义者计划在明天下午一点钟刺杀他，虽然那些恐怖分子已经被一网打尽，但是死亡的临近还是让部长恐惧。作者多次刻画部长那肥胖而没用的身体，开篇就告诉读者："部长是个脑

---

① 俄罗斯科学院高尔基世界文学研究所集体编写. 俄罗斯白银时代文学史（Ⅲ）[Z]. 谷羽，王亚民等译. 敦煌文艺出版社，2001. 第303页.

② 张士民. 贝克特的边界景观[M]. 外语教学与研究出版社，2009. 第209页.

③ 刘文荣. 死亡的启示——从《伊凡·伊里奇之死》到《乞力马扎罗的雪》[J]. 河北师院学报，1997，(1). 第115页.

④ 叔本华. 叔本华的人生哲学[M]. 刘烨编译. 中国戏剧出版社，2008. 第13页.

满肠肥的大胖子,弄得不好就会中风。"① 紧接着,作者强调部长的身体却是很糟糕:"他肾脏有病。一激动,他的脸、手和脚就会出现水肿,使他显得格外肥胖、臃肿。此刻,他浑身皮肉肿胀得像一座小山,沉甸甸地压在弹簧床上。他怀着病人特有的惆怅心情,想象着这张脸已肿胀得面目全非,想象着人家为他准备的残酷的结局。"② 作家多次描写部长那肿胀的身体,让我们有种它似乎马上就要破裂的感觉。"下午一点钟"这个时间一直在部长脑海中回荡,整晚他毫无睡意,"他用肿胀的、抹过香水的双手捂着自己的脸,十分清晰地想象着。"③ 他想象着第二天将要发生的事。作家反复描写部长肿胀的身体,是为了控诉其对人民横赋暴敛的罪行,身体和灵魂是二元对立的,部长的腐败正是精神的需求,作家揭示了只有让这肥硕的腐败肉体消亡,才能净化他的精神。部长设想第二天自己被炸死的情景:"所有一切:皮大衣、他的躯体以及喝进肚子里的咖啡,都将在轰的一声爆炸中毁灭,被死神带走。"④ 部长头脑中的这几样物品,很容易让读者联想到《省长》中,省长惧怕死亡所回想的那三件物品:白手帕、排枪射击、鲜血。无论是部长,还是省长,他们面临死亡时所意向的物件,都是他们对死亡的理解。这些物件正是部长钻营一生获取的各种物质代表,事实上,死亡让他明白了欲望、权力、身体物质层面的东西是毫无意义的。死亡面前他低下了高贵的头,平日他的威风凛凛和华贵气度一扫而光。柏拉图认为灵魂先于肉体存在:"灵魂在肉体中的时候是生命之源,提供了呼吸和再生的力量,如果这种力量失败了,那么,肉体就会衰亡。"⑤ 不看他说的科学与否,单就灵魂和肉体的重要性便可知灵魂位列在前。被肉体束缚和牵引的灵魂是低下的,无意义的。而灵魂主宰肉体则如同神灵的指引会使人奔向光明,追求真善美,人将变得更完善。

五位革命者面对死亡,逐渐开始超越它。聪明的维尔涅面对即将来临的死

---

① 安德列耶夫. 七个被绞死者的故事/安德列耶夫中短篇小说集 [M]. 译林出版社,2000. 第121页.

② 同①,第122页.

③ 同①,第123页.

④ 同①,第124页.

⑤ 柏拉图. 柏拉图全集(第二卷)[M]. 王晓朝译. 人民出版社,2003. 第160页.

亡却感到轻松愉快："他突然同时看到了生和死,一幅空前壮观的景象出现在他眼前,使他惊叹不已。他好像正在奇高无比而又狭窄得如刀刃一样的绝顶上走着,绝顶的两边尽收眼底,一边是生,另一边是死,就像两个波光粼粼、美不胜收的深邃的海洋,而到了地平线处,这两个海洋便融合为一,与无边无际的天空浑成一体了。"① 维尔涅临刑前毫不畏惧,将死亡视作生命的一部分,炸死部长的任务没有成功完成,他们几个被抓进监狱并被处以绞刑。反动统治不得民心,人民早就希望黑暗的政治制度灭亡,死亡让他感到是一种解脱,他望着监狱的墙反而觉得墙不存在,"这两年来,压抑着维尔涅的那种昏昏沉沉的疲倦感消失了。在临死前,他的美妙的青春开开心心地回来了。"② 因为他知道肉体会腐烂,但是他的勇敢的灵魂将永远存在。"安德列耶夫终于开始把生命看成一个整体了。"③ 按照胡塞尔对死亡的理解看,死亡只是"单子在脱离了世界之后,其自身的存在并没有因此被根除而化为空无,而是其存在方式发生了改变"。④ 也就是说,死后的人并不等于绝对的消失、空无,而是改变了存在的方式,以一种非正常状态仍旧存在。而在这部小说中,因为这些革命者的壮举,沙皇政府已经暴露了恐惧心理,因而他们虽死犹生,他们的勇敢精神长存。

作家的代表作《瓦西利·菲韦斯基的一生》中写道:瓦西利一生遭受着痛苦,身为神甫的他希望能使死去的谢苗复活,他祈求上帝显神迹,可是上帝没有理睬他,并继续考验这个信徒。瓦西利的信仰坍塌了,他怀疑上帝是否存在。最终,他倒在了旷野中,保持着奔跑的姿势。瓦西利死了,随着他肉体的消亡动摇的信仰也一同毁灭了,于是死后的他继续追随着上帝,寻求他的指引,希望上帝能使苦难的人们蒙恩得救,希望找到适合俄罗斯人民生活的肥沃土地。瓦西利神甫面对命运(无限)的捉弄,他产生了绝望感。全能的上帝离他是那么遥远,残酷的命运包围着他。相对于无限强大的命运,他是那样的

---

① 安德列耶夫. 七个被绞死者的故事/安德列耶夫中短篇小说选 [M]. 译林出版社, 第183页.
② 同①, 第182-183页.
③ [英] 威尔逊. 我生命中的书 [M]. 陈仓多译. 重庆出版社, 2006. 第291页.
④ 方向红. 现象学的一次越界:与晚期胡塞尔一起思考死亡 [J]. 江海学报, 2011, (1). 第52页.

弱小与孤独无助,使他感到存在的荒诞与恐惧。作家以他的死来结束小说,但是这并不表示瓦西利探索精神之路以失败告终,因为死后的他仍在奔跑着。这种"处于死的状态就是肉体离开了灵魂而独立存在,灵魂离开了肉体而独立存在。"① 作家在很多小说中倡导人应该在有限的生命里追求不朽的自由。

死亡对抗着如同铁栅栏一样坚固的社会制度。《谢尔盖·彼得罗维奇》和《飞翔》中的主人公都有着超越死亡的渴求。作家认为死是人生解脱的根本方式。大学生谢尔盖·彼得罗维奇钻研了尼采的哲学后得出结论:若是你的生活不成功,要知道,死会成功的。通过主人公自杀表现了他对不公正的社会秩序的反抗,并希望获取自由。自杀也表现主人公对抗肉体对精神的束缚,他想发现完整的自己,而肉体总是阻碍他分析自己。这种反抗的行为可以让人更深刻地理解彼岸世界。《谢尔盖·彼得罗维奇的故事》中,当谢尔盖·彼得罗维奇决定自杀时,他立刻觉得那个"崇高的自我"正在成长,"感觉它越来越高,它雷鸣般的隆隆声将会淹没身体可怜兮兮的哀鸣,那身体只在夜里才强大无比。让那些愿意屈服的人苟活吧,而他要砸碎自己的铁门。他,这个可怜、愚钝、不幸的人,此刻膨胀得高过了天才、国王和山峰,高过了世上耸立的一切,因为充盈他内心的是世上最纯洁最美好的东西——勇敢、自由、永生不死的人类的'自我'!造物黑暗的力量无法战胜它,它凌驾于生死之上——这勇敢、自由、永恒的自我"②!谢尔盖·彼得罗维奇在死亡中找到了他的价值,实现了超越,找到了永生。因为自杀不是每一个人都能成功实现的,很多人在自杀前会找到种种理由活下来,尽管谢尔盖·彼得罗维奇也有过动摇,但他已经寄给了诺维科夫邮包,讲述了自己有关自杀事宜,羞耻感坚定了他自杀的念头,最终还是喝下了准备好的毒药。谢尔盖以自杀,即在自身的否定中,完成超越自我走向无限,实现了自我控制生命的权力。

《省长》中示威游行的工人阶级向省政府抗议而游行示威,正因为他们无法生活,才采取这样的行动。恩格斯认为:"自阶级产生以来,人类全部历史都是阶级斗争的历史,即社会发展各个阶段上被剥削阶级和剥削阶级之间、被

---

① [古希腊] 柏拉图. 斐多 [M]. 杨绛译. 辽宁人民出版社, 2000. 第13页.
② 安德列耶夫. 谢尔盖·彼得罗维奇的故事/撒旦日记 [M]. 新星出版社, 2006. 第27页.

统治阶级和统治阶级之间斗争的历史。"① 由于贫困，工人们忍饥挨饿劳动，他们家中的孩子被饿死。从被作者描述的那些牺牲的人的装束就能看出，人民生活困苦不堪。"帆布只盖着头和上身，为方便计数，把脚都露在外面。有一些脚穿着歪歪扭扭的破烂靴子或皮鞋，另一些光着脚，又脏又黑。儿童和妇女单独停放在一边，同样也显露出尽可能方便巡视和统计数目所费的一番苦心。"② 省长视察死者时，人们把帆布揭开时，露出了一张张死亡的面孔，"胡须满面的老头子，没长胡子的青年人，各式各样，但他们之间有一种只有死亡才能赋予的可怕的相似之处。伤痕和血迹大都掩盖在衣服底下，几乎看不到。只有一个人的脸上被子弹打穿了的一只眼睛显得又深又黑，从里面淌出的眼泪却是一种黑糊糊的液体，跟黑暗处凝结的煤焦油一样。许多人翻着白眼珠，也有些紧闭着。只有一个人用一只手捂着脸，仿佛躲避着强光。看到这里，副警长有些惶恐不安，瞥了一眼这具破坏了秩序的死尸。"③ 这些刽子手面对自己的"杰作"时，他们战栗了。副警长害怕了，尤其是省长害怕了，死亡冲破了时间的权限，永远停留在省长的脑海，自从下令开枪那天起，他便没有过上一天安稳日子，总感到那些翻着白眼死去的人以一种非凡的力量注视着他。即使办公室重新安装的玻璃留有的手印都让他胆战心惊。工人的血不会白流的，统治阶级的大厦被震动了，他们很清楚迟早是要偿还欠下的这笔命债的。

《沉默》中"薇拉和她的母亲也都是以死来解除自己的痛苦"④。薇拉死了，神甫没有办法再责备女儿，彼得堡也不会再伤害她，她的灵魂犹如飞出笼子中的鸟得到了自由。《牺牲》中母亲用自杀结束了自己的生命，也结束了女儿的痛苦，女儿得到了一笔颇丰的保险金，继而生活得到了保障，女儿身体越来越结实，变得漂亮起来，更像自己的母亲了。母亲只想用自己的死让女儿幸福。佛教追求超越生与死的境界。佛家认为"生不足恋，死不足惜，这就是中道，是对生死的超越，认为只有超越生死，才能臻至涅槃之境，才能获得无上

---

① 中共中央马恩列斯著作编译局. 马克思恩格斯选集 [C]. 人民出版社，2008. 第232页.
② 安德列耶夫. 省长/七个被绞死的人 [M]. 漓江出版社，1981. 第240页.
③ 同②，第241页.
④ 克冰. 沙俄末年文坛的一颗奇星——安德列耶夫创作浅探 [J]. 阴山学报，1990，(3). 第56页.

的大自在。"①

在作家的作品中,我们看到革命者的死、统治者的死、大学生的死、女儿的死和母亲的死,这些形象色色的人因为死亡而获得永远的自由,作家如同查拉图斯特拉所倡导的"在适当的时候死去!"②他让自己的主人公置死地而后生,因为"有些人心先老了,别的人精神先老。有些人少年头白,但后时的青年保持长久的年轻。"③安德列耶夫作品中"精神先老的人"便是省长、部长和商人,他们都是些"体态丰盈"的废物,精神已经开始腐朽,因而他们在恰当的时候去死着实在解救他们的灵魂。而那些"少年白头"者,则是为了得到解脱而死,如薇拉、谢尔盖·彼得罗维奇等人的死,还有的是为解放人类而牺牲,如被绞死的五个革命者和"叛徒"犹大。

二、《七个被绞死者的故事》:爱战胜死亡

作家认为"幸福可以肯定生,否定死,但是很多人并不总能拥有幸福"④。如作家的《小天使》(1899)主人公萨什卡是一个13岁的小男孩,在学校不好好学习经常打架,最后被学校开除。由于淘气母亲常常打他,理解他的只有软弱的父亲。圣诞节时,他在贵妇人家好不容易得到了圣诞树上的用蜡制成的小天使,这件平常的事情给他和父亲带来了久违的欢乐,幸福。"幸福的感受似乎消除了人与人之间的鸿沟,使人们的心融为一体。整日为生活所煎熬的小人物的心灵中蕴藏着的这种对幸福的向往,彼此心灵的交融,只有在受到特殊事件的强力冲击时才可能展现出来。"⑤可是萨什卡晚上睡觉后把小天使挂在炉子上方它被烤化了,小天使消失了,他们的生活又像从前一样无聊。但是,在父子的人生中毕竟还是有过短暂的快乐。

作家认为幸福和爱情可以避免孤独,阻止死亡,可是幸福的获取却是艰难

---

① 麻天祥. 中国人的生死观念 [J]. 中国政法大学学报,2011,(6). 第1页.

② [德] 尼采. 查拉斯图拉如是说,这人 [M]. 楚图南译. 安徽人民出版社,2013. 第54页.

③ 同②,第55页.

④ Красильников Роман Леонидович. Танатологические мотивы в прозе Л. Н. Андреева [D]. 2003. с. 180.

⑤ 张羽等. 世界短篇小说精品(俄国卷)[M]. 中国青年出版社,1984,第687页.

的。《七个被绞死者的故事》和《牺牲》都是用自己的死亡换取更多的人的幸福。《七个被绞死者的故事》是安德列耶夫的一部杰出的作品。小说以细腻的心理分析手法刻画了七个被绞死者临刑前的心理活动,展示了不同人物的心境不同。安德列耶夫研究描述了被关押的这七个人的命运。他们中的五个都是恐怖分子,他们在不成功的图谋中被抓获。作家展开了他们的肖像描写,在死亡前的审判中:被捕者的额头出现了汗水,手指颤抖,他们很想喊叫,弄碎手指。而当他们走向绞刑架的过程中,却表现得很勇敢,彼此搀扶着,长时间等待着。安德列耶夫不断给读者展示着恐怖主义者的形象。对于主人公在死之前最痛苦的是同父母的告别。作家将绞刑展现得较为轻松,并不让人感到多么可怕,只是短短的几分钟,仿佛在时间之外,在生命本身之外。安德列耶夫描写了在死亡面前的谢尔盖的感受,通过主人公的动作表现了他在就义前的心理状况,谢尔盖疯狂地在狱室里踱着,摸着胡子,皱着眉。父母同他见面时,他们尽力表现得勇敢并支持谢尔盖。父亲很痛苦但很坚定,而母亲"吻了吻儿子的嘴唇,她就默默地在一旁坐了下来。出乎谢尔盖的意料,她没有扑过来抱住他大哭大叫,没有做出任何可怕的举动,而只是问了他一下,就默默地坐下来"。① 只是在告别的尾声,当父母很慌乱地吻着谢尔盖时,在他们的眼里出现了泪水。但是在最后时刻父亲重新又扶住了儿子并对他的死给以祝福,"谢廖沙,在你临死前我为你祈祷。你勇敢地去死吧,要像个军官"②。在这种舞台艺术关系中,作家彰显了父母的爱的力量、他们的无私品格和自我牺牲精神。

只有母亲来和华西里见面。好像我们只是匆匆而过地了解了他的父亲是个富有的商人。父母并不理解儿子的行为并且抱怨他,但是母亲依旧和他来告别。在见面的时候,她仿佛并不了解情况是很复杂的,问儿子为什么感到冷,最后告别时刻还在指责他。他们在房间的角落里哭泣着,甚至在临死之前还在说着空洞的和没有必要的话。只是在母亲从监狱大楼出来后,她才明白她的儿子明天将被绞死。安德列耶夫强调,母亲的痛苦比他们受绞刑痛苦百倍。老太

---

① 安德列耶夫.七个被绞死者的故事/安德列耶夫中短篇小说集[M].外国文学出版社,1984.第152页.

② 同①,第156页.

太倒下了，在冰面上滑倒了，"老太婆怎么也爬不起来，她用胳膊肘支起身子，双膝跪了起来，沾满污泥的白发中露出已经秃了的后脑勺。不知怎的，她觉得自己正在参加婚宴：是在给儿子娶媳妇，她在喝酒，而且已经喝得酩酊大醉了。"① 即将失去儿子的痛苦已经使她疯狂，母亲已经绝望，她将永远不能参加儿子的婚礼，看见他的幸福了。

丹妮娅·柯伐尔楚克永远为别人考虑，即使临刑前她也只惦念别人，从没考虑过自己也要死了。她思考着"死亡对即将去死的谢尔盖·戈洛文和莫霞等其他人来说是一桩多么痛苦的事，至于她自己，仿佛同死亡毫无关系似的"②。

莫霞认为作为一个英雄和受难者很幸福，她为了人类精神道德的胜利而勇敢地走向永恒，她因为自己的永恒功绩而精神愉快，甚至想象"我单枪匹马站到一团士兵面前，举着勃朗宁手枪朝他们开火。我只是一个人，而他们都有上千人，哪怕我连一个士兵也没打死，也无关紧要。重要的是他们有上千人。上千的人来打死一个人，那就是说，这一个人是胜利者"③。

谢尔盖很怜惜自己年轻的生命，自从被关进监狱第二天起就开始做体操。在锻炼之后恐惧向他袭来，同时他感到特别愉快。在最后时刻，主人公感到："痛苦不在于死亡，而在于同时看到了生和死。自古以来遮盖住生的秘密和死的秘密的帷幕，被一只大逆不道、亵渎神圣的手撩开了。如今生和死不再是秘密了，但并未因此而变得易于理解，而是像用晦涩玄妙的语言写出来的真理那样费解。"④ 每一种思想和任何运动在人死前都会感觉是疯狂的。时间对于他来说仿佛停止了，这个时刻他感到生和死同时都是可见的。

华西里·卡希林在囚室里很痛苦，如同牙疼般难以忍受。当腰上捆上炸弹准备恐怖行动时，他感到自己是从一个不知何为死的世界来的。在监狱中他觉得牢房、狱卒和囚徒都是玩具，他希望快些死，因为"死固然永远是神秘莫测，不可思议的，但较之这个变得野蛮和畸形的世界来，还是比较容易被理解

---

① 安德列耶夫. 七个被绞死者的故事/安德列耶夫中短篇小说集 [M]. 外国文学出版社, 1984. 第159页.
② 同①，第161页.
③ 同①，第165页.
④ 同①，第173页.

接受的"①。

最有理智的恐怖组织成员就是维尔涅,他通晓几个国家语言,拥有好记忆力和坚定的意志。他从哲学视角来看待死亡,因此不知道什么是害怕。在法庭上维尔涅思考的不是死也不是生,而是下完一局棋,他是个高超的棋手。但是在绞刑前他仍旧为自己的同志哭泣。维尔涅蔑视死刑,并一直保持不可剥夺的精神自由。临刑前一天,他认真地思考了死亡:"我为什么感到这样轻松愉快,这样自由自在?是的,正是自由自在。我想到明天就要被处绞刑——同时却又觉得好像根本没有这回事。我看看墙——这些墙也仿佛根本就不存在。我是那样的自由自在,仿佛自己不是在监狱里,相反却像是刚从坐了一辈子的监狱里出来。"② 安德列耶夫的墙又出现了,这些墙在主人公直面死亡时轰然倒塌,那些反人性的法律规章在死亡面前显得多么苍白。勇敢的维尔涅在死亡前找回了美好的青春,他的心情豁然开朗,他同时看到了"生和死,一幅空前壮观的景象出现在他眼前,使他惊叹不已。他好像正在奇高无比而又狭窄得如刀刃一样的绝顶上走着,绝顶的两边尽收眼底,一边是生,另一边是死,就像两个波光粼粼、美不胜收的深邃的海洋,而到了地平线处,这两个海洋便融合为一,与无边无际的天空浑成一体了"③。揭去翳障,就能看清事物本来面目,看清周围的世界。维尔涅借助死亡,看到了自己做的事业是有意义的,看到了人类的未来。通过死亡的思考,维尔涅变成了新人,不再是那个高傲威严的人,变得亲切和蔼了。"他凌空飞翔,超越了时间,清楚地看到,人类是多么的年轻,仅仅昨天还在原始森林中像走兽那样嚎叫呢。于是原来觉得人们身上那些可怕的、难以容忍的、丑恶的东西突然变得可亲可爱了。"④

"人之所以能够从关于死亡的朴素的自然态度中摆脱出来,正是因为人能够以对立面的一方来对待客观的死亡事实,从而在心理、精神中建构起一个死亡的本体世界。从这种态度出发,人不是作为一个自然科学家或社会科学家来

---

① 安德列耶夫. 七个被绞死者的故事/安德列耶夫中短篇小说集 [M]. 外国文学出版社, 1984. 第 176 页.
② 同①, 第 182 页.
③ 同①, 第 183 页.
④ 同①, 第 184 页.

研究死亡的自然现象和社会现象，而是作为一个纯思想、纯精神的人来建构死亡的意义世界。"① 五位革命者临死前在意识中分别建构了自己的死亡世界，那里或是神秘莫测，或是轻松自由，但是他们的死恰好体现了这个世界曾经存在过他们，因为他们以牺牲自己生命为代价换取了更多人的幸福。

作家通过这部小说表现了 20 世纪初的末世情绪，及其对个人乃至俄罗斯民族命运的担忧。小说的基本思想在于，五位革命者为了人类的共同事业而献出宝贵的生命，在他们临死前每一个人都思考着死亡，同时生命中最重要的东西也在临死前这一刻被揭示出来：每个人都应该爱他人，爱整个人类，这才是人生的意义所在。爱是人类的精神支架，用爱来审视人性，审视世界，人与人之间的矛盾便会化解，世界便会减少杀戮与战争。

本章小结

人类总是试图与周围的生活相互协调一致，久而久之，真正的自我便会迷失。胡塞尔的现象学是描述意识本质的，强调通过直观和还原找出事物本质。人应该彻底抛开一切外界干扰，找回真实的自己，那么死亡便是确保这一切实现的得力助手。

安德列耶夫的许多作品中主人公面对死亡时，放下手中的工作，无论是富有的商人，还是政界要人，都摘掉平日里虚假的面具，严肃认真地思考存在的意义。我们一方面关注安德列耶夫作品中人物的死亡事件，但另一方面更关注人物对死亡的认识或者是对生的理解。每个人面对死亡时，都会抛开以往的尘世杂念，对自己的一生重新认识，而现象学正是去除现象，即悬搁后，让人回归自己的意识，现象学的研究对象正是对人的意识的描述。与意识相对立的身体不再阻挠其思考，因为死亡首先令身体腐烂。死亡唤起了人的良知，要死的人不禁自问："这还是曾经的我吗？"人被世界异化，如同木偶被牵着行走，死亡剪断了那根线，让木偶得以自由行动，找回这个世界中隶属人的本质的东西。

---

① 靳凤林. 死，而后生 [M]. 人民出版社，2005. 第83页.

结　语

综观安德列耶夫一生的创作，生死主题如影随形与其相伴。作家感同身受地与自己的主人公抗争着，哀鸣着，共同经受着死亡过程，从死亡中重新审视人存在的意义。1891年8月1日，作家在自己的日记中有这样一段话："我想写这样的作品，它集合并阐述了那些构成我们时代命运的不甚明晰的意图、半明半暗的思想和感觉……我想证明在世间没有真理，没有建筑在真理基础上的幸福，没有自由，没有平等，现在没有，将来也不会有。我想证明人类至今为止用来支撑自己的那些虚构。上帝、精神、死后的生活、心灵的不死，全人类的幸福，等等——是根本站不住脚的……我想成为自我毁灭的信徒。我想在我的书中触动人的理智、情感和神经以及他的全部动物本能。我想让人在读我的书时由于恐惧而脸色苍白，让我的书像麻醉剂、像噩梦一样作用于他，让人们为我的书而发疯让他们诅咒、憎恨我，但仍然读它并……杀死自己。"[①] 纵观俄罗斯作家的经典作品，其中有许多文本把死亡当成股市发展的核心要件和叙事策略的主要指涉对象，是不可或缺的"有意味的形式"（贝尔语），但安德列耶夫几乎在所有的作品中都触及人之死这一终极问题，该问题构成了安德列耶夫创作诗学最主要的内容之一。

本论文由两部分组成，第一部分介绍作家作品中死亡世界的架构与作家死亡审美的关系。作家笔下的死亡世界不仅有19世纪末至20世纪初的社会发生的重大转变、资本主义的蓬勃发展、俄罗斯接连不断的恐怖事件，而且作家开始凝视第一次世界大战爆发所造成的一连串的悲剧。作家中学时就熟读叔本华，深受其悲观主义哲学的影响，这使得他在现实生活中有一种危机感，陷入

---

① 贾锟. 安德列耶夫创作中的末日论研究[D]. 南京大学, 2008.

了叔本华所说的"痛苦或无聊"的深渊。作家托尔斯泰的宿命论、陀思妥耶夫斯基创作中的死亡特征都对安德列耶夫构建文学中的死亡世界产生了深远的影响。总之,安德列耶夫所创作的死亡世界源自现实,也离不开主观感受,他对俄国作家的死亡审美有所继承,但也有自己的独特之处。

第二部分通过对作家作品分析来阐释死亡世界的架构和内容,以及作家对死亡的表现方法。

第二部分是本课题研究的基本内容。我们认为,安德列耶夫的死亡世界的特点和意义有如下几点。

一、死亡如同可怕的命运一直在窥伺着人们

死亡是虚无,是深渊。死亡包围着世界,作家对上帝存在与否和对命运的怀疑,使他对彼岸世界也心存怀疑,透过叶列阿扎尔那冷漠的眼睛仿佛看到那个世界更加可怕。人自生下来就已经戴着镣铐行走,人注定会死亡。因而,死亡才是最强大的力量。死亡是那样的意外与残酷,毁灭着亲人,"人"(《人的一生》)的儿子和神甫菲韦斯基的亲人都是意外死亡。而"人"在死亡面前毫无办法,安德列耶夫的主人公以死获取自由,摆脱社会造成的不公正状况。

二、安德列耶夫的死亡破坏着一切社会规则

安德列耶夫作品中人之所以死,是因为人想通过死来获取所谓的自由,以对抗绝对的恶。作家的人物一般不与社会矛盾作正面抗争,他们看待事物的观点很深刻,安德列耶夫的主人公认为上帝在很多情况下是错的,他使自己的子民流泪,把人放置在生活的监狱中。安德列耶夫的主人公生活在上帝创造的不公正的世界中,人们对死亡束手无策,他们以死抗争不公正的社会秩序,打碎不合理的"铁栅栏"和"墙"。死亡使人重新获得自由,自杀者以死亡反抗人类的恶。

三、探索生活的意义是安德列耶夫的主人公的目标

这种探寻伴随着行动,使作家的主人公能够脱离其他人物所构成的"底",成为格式塔。死亡成为人认识客观世界的方式,死亡使日常生活变得

没有意义。当"人"谋划自己的前途并幻想未来时,无常的命运已经潜入"人"的生活之中。

四、安德列耶夫的死亡书写使人成为人

死亡提供给我们认识自己和别人的机会,死亡摘掉人们日常面具,死亡是本己的,哪怕人们看到别人的死亡也常常会想到自己的死亡,省长、部长、革命者、商人、神甫,无论身居高官还是从事神圣事业的人,更不因谁的财富多少而论,死亡一视同仁,终将所有人的生命收归己有。在这种极端状况中,人们的一切身份地位变得毫无意义。正是这样人们才可以找到本真的自己,死亡同样是人的存在的一部分。死亡是生命过程的必然,死亡与生存有着密不可分的关系。安德列耶夫的战胜死亡的方式就是生与死达到和谐。如同绞刑犯谢尔盖同时看到了生与死的存在。可爱的莫霞热爱生,但也同时看到死的美好,她感到死犹如生。

五、死亡破坏着家庭关系

父亲常常是缺失的,《牺牲》中叶莲娜的父亲死于心脏病,小说开篇作者就交代了他的死亡。在很多作品中,父亲或是不在场,或者是死亡,如在《七个被绞死者的故事》中,华西里的父亲是一位富商,儿子临刑前只有母亲来探视,而父亲不愿意有这样的儿子,儿子也没喜欢过父亲,他认为父亲是坏蛋。小说《红笑》同样没有给父亲出场的机会,其他人如母亲、儿子、女儿这些家庭成员同样在作家的小说中也难逃死亡。

六、死是人解脱痛苦的方式

安德列耶夫的主人公的痛苦不仅来自他们所在的社会,也与其自身身体状况有关。如《谢尔盖·彼得罗维奇的故事》主人公以自杀方式结束了自己平庸的一生,因为他头脑愚钝,他的肉体已经成为他发展的阻碍,因而主人公选择了自杀以打破限定他思想的这些"铁栅"和监狱。《沉默》中的薇拉以死亡对抗着彼得堡的压抑和自己父亲的冷漠。尽管作家倡导人是孤独的,但是人与人之间应该相互关爱,尽量用爱去溶解彼此的隔阂。生对于薇拉和谢尔盖比死

更痛苦，他们用自杀结束了自己的生命，结束了没有意义的生活。他们以死换取自由，不再受到自身条件或社会的种种制约，他们是胜利者。

七、安德列耶夫的死亡世界充满了各种观念的绞杀

安德列耶夫的死亡世界看似平静，人们从生下来就与死亡相伴，他们并不挣扎，不恐惧死亡，实则充满了各种观念的绞杀。如同《曾经有过》中，人们对死亡已经司空见惯，而医院是产生死亡的地方。安德列耶夫的死亡世界具有反抗性和暴动的快感，并与基督的顺从思想相斗争。安德列耶夫笔下的人物面对死亡大多数不具有恐惧感，例如他笔下的自杀者谢尔盖·彼得罗维奇、得了病的富有的人，所有的人最终都得接受死亡的现实，只有下令杀死起义者的省长面对死亡时惶恐不安。

安德列耶夫的人物形象总是与恐惧、疯狂联系在一起。安德列耶夫的死亡世界不是单纯为描写死亡服务，而是为了探寻生的意义。死亡终结了生命，但是恰好是死亡使人重新认识生活。作家依据作品中人物对死亡持何种态度并采取何种行动，来划分人物类别，因而此时的死亡起到帮助我们理解人物形象的作用。

安德列耶夫的死亡世界独具特色，他的作品中常常表现出生活即将毁灭、死亡占上风以及谎言和恶充斥全部现实生活的画面，但是，作家仍然没有失去对生活的信心，他的创作如同尼采的学说，永远渗透着激情和不倦，他一如既往地探索人生的意义，给人们心中注入真善美的信念。他的许多作品集中了俄罗斯人对生命与死亡、善与恶、爱等的全部理解，因此理解了安德列耶夫的死亡世界等于掀开了俄罗斯独有的人文精神的帷幕，窥见了俄罗斯人性格和灵魂的奥秘。作家创作了许多杰出作品，其中的各类人物成为俄罗斯文学中的不朽典范，并作为一种原型，获得了永恒的象征意义，对后世俄罗斯文学的发展产生了深远影响。

研究安德列耶夫作品中的死亡世界是一个非常复杂而又具有很高学术价值的课题，本研究只是在这方面做了最初的尝试，随着更多资料的发掘，这一研究将更为全面和更为深刻。死亡是个古老而神秘的话题，随着现代科技的发展和医疗技术的提高，现代人希望通过技术手段延长生命，因为死后的彼岸世界无论多么诱人，天堂如何美好，人还是留恋人间，尽管这里有痛苦和悲伤。

参考文献

[1] 阿格诺索夫符·维.20世纪俄罗斯文学[M].凌建侯等译.北京：中国人民大学出版社，2001.

[2] 安德列耶夫.安德列耶夫中短篇小说集[M].靳戈译.南京：译林出版社，2000.

[3] 安德列耶夫.七个被绞死的人[M].陆义年、张业民译.桂林：漓江出版社，1981.

[4] 安德列耶夫.安德列耶夫小说戏剧选[M].鲁民译.北京：外国文学出版社，1984.

[5] 安德列耶夫.撒旦日记[M].何桥译.北京：新星出版社，2006.

[6] 安德列耶夫.叶列阿扎尔[J].阿玄译.俄罗斯文艺，1996，（4）.

[7] 安德列耶夫.红笑[M].张冰译.北京：作家出版社，1998.

[8] 巴赫金.巴赫金文选论[M].佟景韩译.北京：中国社会科学出版社，1996.

[9] 巴辛斯基.另一个高尔基[M].余一中、王加兴译.南京：译林出版社，2012.

[10] 柏拉图.柏拉图全集（第二卷）[M].王晓朝译.北京：人民出版社，2003.

[11] 柏拉图.斐多[M].杨绛译.沈阳：辽宁人民出版社，2000.

[12] 柏拉图.费多篇[A].柏拉图全集（第一卷）[M].王晓朝译.北京：人民出版社，2003.

[13] 鲍特文尼克等.神话辞典[Z].黄鸿森、温乃铮译.北京：商务印书馆，1985.

[14] 刘象愚等．比较世界文学史纲（下卷）：世界文学的相互趋近与多元共生［M］．南昌：江西教育出版社，2004．

[15] 别尔嘉耶夫．自我认识［M］．雷永生译．桂林：广西师范大学出版社，2001．

[16] 别尔嘉耶夫．自由的哲学［M］．董友译．上海：学林出版社，1999．

[17] 陈红．别尔嘉耶夫的人学思想研究［D］．黑龙江大学，2004．

[18] 耿海英．别尔嘉耶夫与俄罗斯文学［M］．上海：上海书店出版社，2009．

[19] 勃洛克．知识分子与革命［M］．林精华等译．东方出版社，2000年．本文首次刊于《幻想家札记》杂志1921，（5）．

[20] 布尔加科夫．东正教教会学说概要［M］．徐凤林译．北京：商务印书馆，2001．

[21] 常景玉．论安德列耶夫戏剧《人的一生》的表现主义审美特征［D］．黑龙江大学，2014．

[22] 陈定家．拉奥孔导读［M］．成都：四川教育出版社，2002．

[23] 陈建华．中国俄苏文学研究史论（第一卷）［M］．重庆：重庆出版社，2007．

[24] 陈磊，何佩兰．鲁迅对安德列耶夫的翻译及安德列耶夫对鲁迅创作的影响［J］．周末文汇学术导报，2006（1）．

[25] 陈绿洲梦．奥古斯丁早期对"恶的来源"问题的追问和思考［J］．中北大学学报，2014，（3）．

[26] 陈四光，金艳，郭斯萍．西方死亡态度研究综述［J］．国外社会科学，2006（1）．

[27] 崔洁莹．鲁迅与安德列耶夫创作思想之比较［J］．黄河水利职业技术学院学报．2010，（1）．

[28] 戴卓萌．列夫·托尔斯泰创作中的宗教存在主义意识——谈托尔斯泰创作中的"死亡"主题［J］．外语学刊，2005，（2）．

[29] 杜嘉蓁．简论《死屋手记》［J］．外国文学研究，1986，（2）．

[30] 躲斋. 劫后书忆 [M]. 上海：上海辞书出版社, 2011.

[31] 俄罗斯科学院高尔基世界文学研究. 俄罗斯白银时代文学史（卷三）[Z]. 谷羽、王亚民等译. 兰州：敦煌文艺出版社, 2006.

[32] 弗内斯. 表现主义 [M]. 艾晓明译. 北京：昆仑出版社, 1989.

[33] 伏飞雄. 安德列耶夫与印象主义 [J]. 四川师范大学学报, 2001, (4).

[34] 伏飞雄. 文学史上的流浪者——关于安德列耶夫其人其作定位的思考 [J]. 俄罗斯文艺, 2004, (1).

[35] 傅星寰. 俄罗斯文学"莫斯科文本"与"彼得堡文本"初探 [J]. 俄罗斯文艺, 2014, (2).

[36] 方向红. 现象学的一次越界：与晚期胡塞尔一起思考死亡 [J]. 江海学报, 2011, (1).

[37] 高尔基. 高尔基读本 [M]. 汪介之选编. 北京：人民文学出版社, 2011.

[38] 高尔基. 列昂尼德·安德列耶夫 [J]. 世界文学, 1998, (5).

[39] 郭秀媛. 安德列耶夫及其创作浅论 [J]. 河北大学学报, 1993, (3).

[40] 耿海英. 别尔嘉耶夫与俄罗斯文学 [M]. 上海：上海书店出版社, 2009.

[41] 海德格尔. 存在与时间 [M]. 陈嘉映、王庆节译. 北京：生活·读书·新知三联书店, 1999.

[42] 海德格尔. 诗·语言·思 [M]. 彭富春译. 北京：文化艺术出版社, 1991.

[43] 胡塞尔. 纯粹现象学通论 [M]. 李幼蒸译. 北京：商务印书馆, 2011.

[44] 何雪梅. 俄罗斯白银时代文学史 [M]. 哈尔滨：黑龙江人民出版社, 2008.

[45] 赫尔曼·巴尔. 表现主义 [M]. 徐菲译. 北京：生活·读书·新知三联书店, 1989.

[46] 黑格尔. 精神现象学（上卷）[M]. 贺麟、王玖兴译. 北京：商务印书馆, 1983.

[47] 黄源深, 陈士龙, 曹国维. 20 世纪外国文学作品选（下卷）[M]. 上海：上海译文出版社, 2004.

[48] 贾锟. 安德列耶夫创作中的"末日论"研究 [D]. 南京大学, 2008.

[49] 贾锟. 安德列耶夫创作中的线性时间 [J]. 外国文学评论, 2007, (4).

[50] 蒋承勇. 西方文学人的母题研究 [M]. 北京：人民出版社, 2005.

[51] 靳凤林. 死, 而后生：死亡现象学视阈中的生存伦理 [M]. 北京：人民出版社, 2005.

[52] 康澄. 洛特曼的文化时空观 [J]. 俄罗斯文艺, 2006, (4).

[53] 康澄. 文化符号学的空间阐释——尤里·洛特曼的符号圈理论研究 [J]. 外国文学评论, 2006, (2).

[54] 克冰. 沙俄末年文坛的一颗奇星——安德列耶夫创作浅探 [J]. 阴山学报, 1990, (3).

[55] 克尔凯郭尔. 恐惧与颤栗 [M]. 一谌等译. 北京：华夏出版社, 1999.

[56] 李建刚. 列·安德列耶夫研究及其现实意义 [J]. 俄罗斯文艺, 2013, (1).

[57] 李建刚. 高尔基与安德列耶夫的交往与恩怨 [J]. 译林, 2006. (4).

[58] 李建刚. 高尔基与安德列耶夫的通信交往 [J]. 中外文化与文论, 2005, (1).

[59] 李建刚. 论列·安德列耶夫的跨界创作 [J]. 济南大学学报, 2008, (5).

[60] 李舒. 阴冷的真实——鲁迅与安德列耶夫小说创作之比较 [J]. 江苏教育学院学报, 2004, (5).

[61] 李筱洁. 解读安德列耶夫的《沉默》[J]. 中州大学学报, 2005, (1).

［62］李秀林，王于等．辩证唯物主义和历史唯物主义原理［M］．北京：中国人民大学出版社，2004．

［63］李哲，曹伊．从戏剧《人的一生》透视安德列耶夫的哲学思想［J］．大舞台，2015，（1）．

［64］刘锟．无奈的追问无助的抗争——论安德列耶夫的创作中悲观主义的宗教来源［J］．俄罗斯文艺，2004，（3）．

［65］刘锟．圣灵之约：梅列日科夫斯基的宗教乌托邦思想［M］．哈尔滨：黑龙江人民出版社，2009．

［66］刘淑梅．"道德自我完善"与"道德自我立法"试析——康德的道德哲学对托尔斯泰小说的影响［J］．俄罗斯文艺，2010，（3）．

［67］刘文荣．死亡的启示——从《伊凡·伊里奇之死》到《乞力马扎罗的雪》［J］．河北师院学报，1997，（1）．

［68］刘西普．鲁迅小说的象征手法与安特莱夫［J］．西北民族学院学报，1984，（4）．

［69］刘象愚等．比较世界文学史纲（下卷）［M］．南昌：江西教育出版社，2004．

［70］柳鸣九．二十世纪文学中的荒诞［M］．长沙：湖南教育出版社，1993．

［71］鲁迅．鲁迅译文集（卷一）［C］．北京：人民文学出版社，1958．

［72］麻天祥．中国人的生死观念［J］．中国政法大学学报，2011，（6）．

［73］马太福音：22：16．

［74］迈克尔·格拉茨、莫妮卡·海威格．现代天主教百科全书［M］．赵建敏主编译．北京：宗教文化出版社，2012．

［75］毛晨岚．解读俄罗斯文化中拜占廷的影响［J］．长沙铁道学院学报，2010，（1）．

［76］赫拉普钦科．艺术家托尔斯泰［M］．刘逢祺、张捷译．上海：上海译文出版社，1987．

［77］莫里斯·梅洛-庞蒂．知觉现象学［M］．姜志辉译．北京：商务印

书馆, 2003.

［78］尼科尔斯基. 生与死: 托尔斯泰哲学艺术创作的重要主题（以早期作品为例）[J]. 米慧译. 俄罗斯文艺, 2010, (3).

［79］倪愫襄. 善恶观的历史演变与现代转换 [J]. 南京社会科学, 2001, (12).

［80］潘海燕. 面对死亡的沉思——浅论安德列耶夫在《红笑》中的艺术创造 [J]. 国外文学, 1999, (3).

［81］潘玉琴. 从"聚合性"看俄罗斯民族精神 [J]. 首都师范大学学报, 2006年增刊.

［82］乔占元. 陀思妥耶夫斯基与他的"斯芬克斯之谜"[J]. 俄罗斯文艺, 2004, (4).

［83］若隐, 程庸. 月亮下的蛋 [M]. 北京: 当代中国出版社, 2004.

［84］神田丰穗. 文艺小辞典 [Z]. 王隐编译. 北京: 中华书局, 1940.

［85］叔本华. 叔本华的人生哲学 [M]. 刘烨编译. 北京: 中国戏剧出版社, 2008.

［86］宋春舫. 宋春舫论戏剧（第一集）[M]. 北京: 中华书局, 1923.

［87］孙洁. 外国文学知识精华 [M]. 北京: 长安出版社, 2003.

［88］索洛维约夫. 神人类讲座 [M]. 张百春译. 北京: 华夏出版社, 1999.

［89］唐永. 存在主义文学视阈中的哲学话语 [J]. 西北工业大学报, 2014 (3).

［90］唐院. 空间时间与心理时间交织的诗意坐标网——庄伟杰《从家园来到家园去》解读 [J]. 世界华文文学论坛, 2006, (1).

［91］藤井省三. 鲁迅研究月刊 [J]. 马蹄疾译. 1993, (3).

［92］田兆耀. 西方文学鉴赏 [M]. 北京: 中国广播电视出版, 2002.

［93］托尔斯泰. 战争与和平 [M]. 张捷译. 北京: 译林出版社, 2003.

［94］陀思妥耶夫斯基. 卡拉马佐夫兄弟（上）[M]. 何茂正、冯华英译. 北京: 北京燕山出版社, 2003.

［95］汪晖. 20世纪初期的文化冲突与鲁迅的文化哲学 [J]. 中国社会科

学,1989,(2).

[96] 王进波. 俄国作家文本中死亡意识及安德列耶夫对死亡意识的深化 [D]. 辽宁师范大学,2003.

[97] 王淼. 死亡机器与基督复活——当陀思妥耶夫斯基遭遇死亡 [J]. 中国图书评论. 2011,(10).

[98] 王欣,石坚. 时间主题的空间形式:福克纳叙事的空间解读 [J]. 外国文学研究,2007,(5).

[99] 王鑫. 表现主义视阈下安德列耶夫的人的形象 [D]. 黑龙江大学,2010.

[100] 王英丽. 《加略人犹大》的时空观 [J]. 俄罗斯文艺,2014,(2).

[101] 王玉琴. 论文学中的死亡意识 [D]. 南京师范大学,2005.

[102] 王志耕. "聚合性"与陀思妥耶夫斯基的复调艺术 [J]. 外国文学评论,2003,(1).

[103] 王宗琥. 安德列耶夫的创作与表现主义 [J]. 外国语文,2009,(1).

[104] 王宗琥. 俄罗斯表现主义文学的主题特点 [J]. 解放军外国语学院学报,2010(1).

[105] 威尔逊. 我生命中的书 [M]. 陈仓多译. 重庆:重庆出版社,2006.

[106] 文学常识编委会. 你必须知道的2500个文学常识 [M]. 重庆大学出版社,2012.

[107] 文学遗产(第72卷)[M]. 莫斯科,1965.

[108] 吴兴勇攻. 死亡学笔记 [M]. 长沙:湖南人民出版社. 2000.

[109] 傅景川. 外国文学史话西方:20世纪前期卷 [M]. 长春:吉林人民出版社,2001.

[110] 吴泽林. 《战争与和平》中天道的显现——试谈托尔斯泰东方走向的精神探索 [J]. 北京师范大学学报,1998,(5).

[111] 肖明翰. 文学中的异化感与保守主义 [J]. 外国文学评论,1994,

(1).

[112] 徐凤林. 俄罗斯宗教哲学 [M]. 北京：北京大学出版社, 2006.

[113] 徐行言, 程金城. 表现主义与 20 世纪中国文学 [M]. 合肥：安徽教育出版社, 2000.

[114] 许剑铭. 激情与反叛——现代文学表现主义的反逻辑叙述 [J]. 西南民族大学学报, 2005, (5).

[115] 颜翔林. 死亡美学 [M]. 上海：学林出版社, 1998.

[116] 杨哲等. 文学百科辞典 [Z]. 北京：知识出版社, 1991.

[117] 叶夫多基莫夫. 俄罗斯思想中的基督 [M]. 杨德友译. 上海：学林出版社, 1999.

[118] 叶廷芳. 卡夫卡——荒诞文学的始作俑者 [J]. 文艺理论研究, 1993, (4).

[119] 尹季显. 改编视野中安德列耶夫对师陀的影响 [D]. 河南大学, 2008.

[120] 余一中. 20 世纪 80 年代—90 年代俄罗斯文学中的"世纪末"意识 [J]. 南京大学学报, 2002, (3).

[121] 约翰福音：11, 28

[122] 曾艳兵. 卡夫卡的眼睛 [M]. 北京：商务印书馆, 2012.

[123] 张柏春. 当代东正教神学思想 [M]. 上海：上海生活·读书·新知三联书店, 2000.

[124] 张耳. 论托尔斯泰的战争与和平观 [J]. 国外文学, 1999, (4).

[125] 张杰. 走向真理的探索：白银时代俄罗斯宗教文化批评理论研究 [M]. 北京：北京大学出版社, 2012.

[126] 张美. 死亡与虚无图景中的悲怆呐喊——《人的一生》的表现主义解读 [J]. 俄罗斯文艺, 2014, (4).

[127] 张清华. 灵魂的发现和肉体的毁灭之旅———简评安德列耶夫的《贼》[J]. 北京文学, 2009, (5).

[128] 张文莲. 多姿多彩的俄罗斯节日 [J]. 俄罗斯中亚东欧市场, 2008, (5).

[129] 张亚灵. 世界如其所是: 人, 微不足道 [J]. 俄罗斯文艺, 2003, (6).

[130] 张志建. 成玄英的死亡思想初探 [J]. 宗教学研究, 2006, (1).

[131] 赵晓彬. 悲剧与崇高: 布宁小说中的酒神崇拜思想 [J]. 当代外国文学, 2013, (2).

[132] 郑体武. 新中国成立以来的外国文学教学与研究 [M]. 上海: 上海外语教育出版社, 2011.

[133] 郑文东. 符号域的空间结构——洛特曼文化符号学研究视角[J]. 解放军外国语学院学报, 2006, (1).

[134] 郑永旺. 穿越阴阳界——从《叶列阿扎尔》和《人的一生》来分析列·安德列耶夫的死亡世界 [J]. 俄罗斯文艺, 2000, (4).

[135] 郑永旺. 从"美拯救世界"看陀思妥耶夫斯基的苦难美学 [J]. 哲学动态, 2013, (9).

[136] 郑永旺. 作为巨大未思之物的俄罗斯后现代主义文学 [J]. 求是学刊, 2013, (6).

[137] 郑永旺. 圣徒与叛徒的二律背反——论安德列耶夫小说《加略人犹大》中的神学叙事 [J]. 外语与外语教学, 2014, (2).

[138] 郑体武. 俄罗斯文学辞典·作家与作品 [Z]. 上海: 复旦大学出版社, 2013.

[139] 智量. 论19世纪俄罗斯文学 [M]. 上海: 复旦大学出版社, 2009.

[140] 周启超. 白银时代俄罗斯文学研究 [M]. 北京: 北京大学出版社, 2003.

[141] 周启超. 《七个绞刑犯的故事》艺术特色管见 [J]. 外国文学研究, 1986, (3).

[142] 周启超. 审美原则上的并立与共生—关于列·安德列耶夫的小说诗学品格兼与苏联评论家对话 [J]. 外国文学研究, 1990, (4).

[143] 诸葛文. 弗洛伊德梦的解析: 让你梦境还原的288个解梦游戏 [M]. 北京: 中国法制出版社, 2013.

[144] 章启群. 胡塞尔意向性学说与现象学美学 [J]. 北京大学学报, 1994, (2).

[145] Rose, Ellen Cronan, Doris Lessings CittáFelice. CriticalEssays on Doris Lessing [M]. Eds Claire Sprague and VerginiaTiger, Boston, Mass: G K Hall, 1986: 141.

[146] Андреев Л. Н. Собрание сочинений: В 6 Т. - Т. 1. Рассказы 1898-1903 гг. М.: Худож. лит., 1990.

[147] Андреев Л. Н. Повести и рассказы: В 2 Т. - Т. 1. - М.: Художественная литература, 1971.

[148] Андреев Л. Н. Проза. Публицистика. М.: Олимп: ООО Издательство АСТ, 2000.

[149] Андреев Л. Н. S. O. S.: Дневник (1914-1919). Письма (1917-1919). Статьи и интервью (1919). Воспоминания современников (1918-1919). / Вступ. ст., сост. и примеч. Р. Дэвиса и Б. Хеллмана. М.; СПб.: Atheneum; Феникс, 1994.

[150] Андреев Л. Н. Фельетоны // Поли. собр. соч.: В 8-ми т.. Т. 6. - СПб.: Изд-во Т-ва А. Ф. Маркса, 1913.

[151] Андреев Л. Н. Бунт на корабле / Публ. и вступ. ст. Л. А. Иезуитовой // Рус. литра. 1971. (3).

[152] Андреев Л. Н. Дневник. 12 марта-30 июня 1890 г. // Русский архив в Лидсе (Великобритания). MS. 606/E. 1.

[153] Андреев Л. Н. Из дневника. Русский сборник. - СПб., изд-во 《Нева》, 2001.

[154] Андреев Павел. Воспоминания о Леониде Андрееве // Литературная мысль: Альманах [C]. Т. 3. Л.: Мысль, 1925.

[155] Бабичева Ю. В. Танатологические мотивы в прозе Л. Н. Андреева [D]. 2003.

[156] Беззубов В. И. Леонид Андреев и традиции русского реализма. издательство — Ээсти раамат. Таллин. 1984.

[157] Беззубов В. И. Леонид Андреев и традиции русского реализма [M], Таллин: Ээсти Раамат. 1984.

[158] Бердяев Н. А. Я и мир объектов. Опыт философии одиночества и общения // Бердяев Н. А. Философия свободного духа [M]. М., Республика. 1994.

[159] Бондарева, Наталия Алексеевна. Творчество Леонида Андреева и немецкий экспрессионизм [D]. Место защиты диссертации: Орел. 2005.

[160] Вересаев В. В. Сочинения: В 4 т. – Т. 4. – М.: Госполитиздат, 1948.

[161] Волошин М. Лики творчества. – Л. ," Наука". 1988.

[162] Горький М. Собр. соч.: В 30 т. – Т. 28. – М., 1954.

[163] Горький и Леонид Андреев. Неизданная переписка. – М., 《Литературное наследство》, 1998.

[164] Горький М. Литературные портреты. – М., изд – во 《Художественная литература》, 2001.

[165] Григорьев А. Л. Русская литература в зарубежном литературоведении. –Л.: Наука, 1977.

[166] Двинятина Т. М. Международная научная конференция: Леонид Андреев и мировая культура [J]. Русская литература. 1997, (1).

[167] Демидова С. А. Методологический статус философской модели в литературоведческом анализе на материале экзистенциальной прозы Леонида Андреева И Ж. П. Сартра [J]. Философские исследования, 2010 (3).

[168] Демидова Серафима Александровна. Мировоззрение Леонида Андреева: историко – философский анализ [D]. Моск. пед. гос. ун – т. 2008.

[169] Дрягин КВ. Экспрессионизм в России [M]. Вятка, 1928.

[170] Зайцев Б. о русских писателях \ Публикация Л. Назаровой \ \ Русская литература. —1989 – –№1 Зайцев Б. Из воспоминаний \ Публикация Л. Назаровой, Л. Афонина \ \ Андреевский сборник. —Курск. 1975. Т. 37.

［171］Зайцев Б. Книга о Леониде Андрееве. Воспоминания［M］. — Letchworth, 1970.

［172］Иезуитова Л. А. Творчество Леонида Андреева. — СПб., изд-во 《Питер》, 1996.

［173］Иоффе И. И. Культура и стиль. Система и принципы социологии искусства. Литература, живопись, музыка натурального, товарно-денежного, индустриального хозяйства. Л.: Прибой, 1927.

［174］Иоффе И. И. Синтетическая история искусств. Введение в историюхудожественного мышления. Л.: ИЗОГИЗ, 1933.

［175］Катонина В. Мои воспоминания о Леониде Андрееве // Красный студент［J］. 1923. (7).

［176］Козьменко М. В. Артур Шопенгауэр в ранних дневниках и позднейших произведениях Леонида Андреева к проблеме корреляции философской и художественной картин мироздания［J］. Известия РАН. Серия литературы и языка. 2010, (6).

［177］Короленко В. Г. Полное собрание сочинений. - СПб., 1914.

［178］Крутикова Н. Е. В начале века. Горький и символисты. Киев: Наукова думка, 1978.

［179］Кулешов Ф. И. Лекции по истории русской литературы концаXIX-началаXX века. Ч. 2. —Минск, 1980.

［180］Кьеркегор С. Страх и Трепет. М.: Культурная революция, 2010.

［181］Литературное наследство: Горький и Леонид Андреев: Неизданная переписка. Т. 72. - М., 1965.

［182］Лотман Ю. М. О русской литературе［M］. СПб., 1997.

［183］Лотман Ю. М. Об искусстве［M］. С.-Петербург: Искусство-СПБ. 1998.

［184］Лотман. Ю. М. Семиоофера［M］. С.-Петербург. Искусство-СПБ, 2000.

［185］Львов-Рогачевский, В. Новейшая русская литература. Изд. 3-е

М. —Л. , 1925.

［186］Мережковский Д. С. Акрополь: Избр. лит. - критич. статьи. М. : Кн. палата, 1991.

［187］Мескин В. А. Грани русской прозы Ф. Сологуб ［М］. Л. Андреев, И. Бунин ［М］. Южно-Сахалинск. 2000.

［188］Михайловский И. К. Последние сочинения. - СПб. , 1905.

［189］Михайловский Н. К. " Рассказы" Леонида Андреева. Страх жизни и страх смерти. В его кн. Литературная критика: Статьи о русской литературе ⅩⅨ-начала ⅩⅩ века. Ленинград, 1989.

［190］Перхин В. В. Одесские газеты о смерти Л. Н. Андрееваю ［J］. Русская литература, 2013, (2).

［191］Плешков А. А. Тропами экзистенциализма: Леонид Андреев как философский писатель. Вопросы философии. 2012, (9).

［192］Радь Э. А. Сюжетообразующие парадигмы в ранних рассказах Л. Н. Андреева. ［J］. Вопросы филологии, 2012, (1).

［193］Румянцев М. Г. Стиль прозы Л. Андреева и проблема Экспрессионизма в русской литературе начала XX века ［D］. М. , 1998.

［194］Смирнов, В. В. Проблема экспрессионизма в России: Андреев и Маяковский ［J］. Русская литература. 1997, (2).

［195］Телятник М. А. Фельетоны Л. Н. Андреева о театре Корша в газете " Курьер" ［J］. Русская литература, 2011, (3).

［196］Уайт Ф. Х. Заметки. Реплики. Отклики. " Тайная жизнь" Леонида Андреева: История болезни ［J］. Литературный вопрос, 2005, (1).

［197］Уайт Ф. Х. Болезнь писателя: творческая саморефлексия и клиническая картина. Леонид Андреев: лицедейство и обман. Новое литературное обозрение. 2004, (5).

［198］Фредерик Х. Уайт. Болезнь писателя: творческая саморефлексия и клиническая картина. Леонид Андреев: лицедейство и обман. Novoe literaturnoe obozrenie. 2004, (5).

［199］Хроника, конференция, посвященная Н. С. Лесков, Л. Н. Андрееву, Б. К. Зайцеву. Русская литература. 2002, （3）.

［200］Чуковский К. Леонид Андреев большой и маленький, СПб., 1908.

［201］Экспрессионизмв России: Драматургия Леонида Андреева［M］. Вятка: Пединститут, 1928.

［202］Юдин А. В. Русская народная духовная культура［M］. М. Высшая школа, 1999.